LE CLUB MÈNE L'ENQUÊTE

Grand Galop™

LE CLUB MÈNE L'ENQUÊTE

D'APRÈS LA SÉRIE CRÉÉE PAR

BONNIE BRYANT

ADAPTATION DE LA SÉRIE TÉLÉVISÉE
ANNA GIROUX

PREMIÈRE ÉDITION
bayard jeunesse

D'après la série télévisée originale « The Saddle Club »
et les épisodes *Pioneer Day*, écrit par Ian David
et *Itchy*, écrit par Jill Golick

ISBN : 978-2-7470-3580-4

Loi n° 49-956 du 16 juillet 1949
sur les publications destinées à la jeunesse
Dépôt légal : février 2012

Imprimé en France par CPI BRODARD ET TAUPIN
Dépôt légal : janvier 2012
N° d'impression : 67639

Le Club du Grand Galop

Carole, Steph et Lisa
sont les meilleures amies du monde.
Elles partagent le même amour des chevaux
et pratiquent leur sport favori au centre équestre
du Pin Creux. C'est presque leur unique sujet
de conversation. À tel point qu'elles ont créé
le Club du Grand Galop. Pour en faire partie,
il y a deux règles à respecter :
être fou d'équitation
et s'entraider coûte que coûte.

1

Depuis qu'elles fréquentaient le Pin Creux, Steph, Carole et Lisa avaient fait de nombreuses explorations dans les environs du centre équestre. Chaque dimanche, elles partaient en toute liberté avec leurs chevaux pour des balades qui, à leur goût, ne duraient jamais assez longtemps. Et il leur arrivait quelquefois de s'écarter des pistes habituelles, comme ce jour-là...

– Vous ne croyez pas qu'on devrait faire

demi-tour ? demanda Lisa, qui se montrait toujours la plus peureuse des trois. Le temps se couvre, on dirait.

Les dernières maisons de Green Valley avaient disparu en contrebas, et les filles guidaient leurs chevaux sur un sentier rocailleux.

– Allons, Lisa ! se moqua Steph. Tu ne vas pas te laisser impressionner par trois petites gouttes !

Elles cheminèrent un moment, au pas, à flanc de colline. Parvenues au sommet, elles débouchèrent sur un vaste plateau, apparemment désert. Çà et là, des nappes de brume flottaient entre les arbres, comme les lambeaux d'un tissu déchiré.

– Brrr, je n'aime pas du tout cet endroit, frissonna Lisa.

– Regardez ! s'exclama Carole en désignant un point perdu dans la brume. On dirait un village, là-bas !

En plissant les yeux, ses deux amies distinguèrent en effet des toitures et des piquets qui délimitaient des enclos.

– Ça doit être une mine abandonnée,

supposa Steph. Il y en a beaucoup par ici. Rappelez-vous ce que nous a raconté Mme Reg quand elle nous a parlé de la fête des Pionniers : toutes les familles d'ici ont un ancêtre chercheur d'or.

– Allons voir ! enchaîna Carole. Ça nous mettra dans l'ambiance pour la préparation du défilé !

Elle talonna aussitôt Starlight et partit au trot, suivie de Steph. Prudente, Lisa demeura en arrière. Si elle se réjouissait de participer au défilé, s'égarer dans une vieille mine ne lui semblait pas vraiment indispensable... Mais lorsqu'elle vit ses amies disparaître dans la brume, elle s'élança à leur suite : pas question de rester seule plus de cinq minutes sur cette colline sinistre !

Du village, il ne restait plus que quelques bicoques aux toits de tôle rouillée et aux portes battantes. Le moindre courant d'air sifflait entre les planches avec des hululements de chouette, et les poulies grinçaient au-dessus des puits, en se balançant comme des pendus.

– Plus personne ne vit ici depuis belle lurette, fit remarquer Carole en menant son cheval entre les orties et les ronces. Les gens ont dû partir à la fermeture de la mine, pour aller chercher fortune ailleurs.

– Oui, reprit Steph. C'est ce qu'on appelle un village fantôme...

– Arrête, Steph ! la supplia Lisa. Tu sais combien je déteste qu'on prononce certains mots...

Un coup de vent fit claquer une fenêtre, et les trois cavalières sursautèrent en même temps. Elles se retournèrent : un rideau déchiré ondulait derrière une vitre brisée. On aurait pu croire que quelqu'un venait de le soulever...

– Vite ! On s'en va ! s'écria Lisa.

– De toute façon, c'est connu : personne ne peut semer un fantôme ! s'amusa Steph en lui emboîtant le pas.

Plus loin, à la sortie du village, elles tombèrent sur un amas de planches pourries, vestiges de l'édifice qui avait marqué, autrefois, l'entrée de la mine. Il ne restait plus rien du tunnel qui s'était effondré. Pourtant, Steph s'attarda. Elle venait d'apercevoir quelque chose, et sa curiosité naturelle lui ordonnait de mettre pied à terre.

– Oh non ! se lamenta Lisa. Qu'est-ce que tu fabriques, encore ?

Steph était déjà descendue de cheval. Elle écarta les herbes folles qui poussaient entre les morceaux de bois vermoulu, et se baissa.

– Regardez ! dit-elle. Il y a une inscription à la peinture.

Elle dégagea une des planches, et la brandit vers ses amies.

– « Smokey », lut Carole à voix haute. Tu crois que c'était le nom de quelqu'un ?

Steph ne répondit pas. Son regard venait d'être attiré par une petite pièce sous les planches. Elle la ramassa, et la frotta avec ses gants pour en retirer la couche de terre.

– Alors ? fit Lisa, impatiente.

– On dirait une médaille, souffla Steph.

Elle revint vers ses amies, et leur montra sa trouvaille. Sur la pièce dorée, on pouvait déchiffrer ces mots : « Première place du concours senior du Club de poney de Sweet Water, 1957 ».

– C'est bizarre de trouver une médaille d'équitation dans une mine, non ? demanda Steph.

– Oui, admit Carole. Comme si quelqu'un avait voulu s'en débarrasser…

– À cause d'un mauvais souvenir, peut-être ? enchaîna Steph, dont l'imagination s'enflammait vite.

– Garde-la. On va la montrer aux Regnery ! proposa Carole. Ça leur rappellera peut-être quelque chose ?

– Et maintenant, on file d'ici ! ajouta Lisa.

Steph fourra son trésor dans sa poche et remonta en selle. La journée touchait à sa fin, il était grand temps de retourner au Pin Creux.

2

À peine rentrées aux écuries, les trois filles tombèrent sur Max et Jack. Ils étaient en train de ranger les sacs de granules alimentaires qui venaient d'être livrés. Steph se précipita vers le directeur du Pin Creux pour lui montrer la médaille. Il la fit tourner entre ses doigts.

– Le club de poney de Sweet Water? s'étonna Max. C'est drôle, ma mère a fait de l'équitation là-bas quand elle était jeune… Mais il est fermé depuis longtemps.

– Où as-tu déniché cette vieillerie? demanda Jack en s'approchant.

Steph lui raconta leur virée sur la colline, après Green Valley. En entendant ces mots, le jeune soigneur écarquilla les yeux.

– Vous n'auriez pas dû vous aventurer là-bas, dit-il. Cette colline est hantée, vous ne le saviez pas?

– Vous voyez! s'exclama Lisa, en blêmissant. J'en étais sûre!

– Mais enfin, Lisa, Jack nous fait marcher! rigola Steph.

– Pas du tout, Jack a raison! rectifia Max. Il ne faut pas se balader sur cette colline. Le terrain est truffé de galeries, c'est dangereux.

– Et surtout, il s'y passe des choses étranges... insista Jack.

– C'est vrai, confirma le directeur. Quand j'étais jeune, on disait que certains soirs, quand le vent sifflait, une jument grise venait galoper sur la crête...

– Une jument grise qui ressemblait à Petit-Nuage, ajouta Jack en désignant un cheval pommelé dont la belle tête dépassait d'un des boxes.

Les trois filles l'examinèrent, mi-sceptiques, mi-inquiètes. Puis Max reprit d'une voix lugubre :

– Sauf que la jument de la colline disparaissait d'un seul coup, quand on la regardait. Et vous savez pourquoi ?

Captivée par l'histoire, Lisa ne bougeait plus. C'est à peine si elle osait encore respirer.

– Parce que c'était un fantôme ! lâcha Max.

– Bouh ! souffla Carole à l'oreille de Lisa.

Cette dernière poussa un cri et faillit tomber à la renverse de surprise, si bien que tout le monde éclata de rire.

– Bande d'idiots ! se défendit Lisa en retrouvant des couleurs. Vous savez bien que je suis hyperémotive !

– Pardonne-moi, sourit Max. Ce sont peut-être des sornettes, mais évitez quand même de traîner dans ce coin-là sans être accompagnées d'un adulte, d'accord ?

– Et maintenant, allez bouchonner vos chevaux, les filles ! ordonna Jack. Ils sont sales comme des vieux pionniers !

Steph, Carole et Lisa tirèrent leurs montures dans les stalles et s'employèrent à les débarrasser de la poussière de la promenade. Puis, comme il était tard, Lisa annonça qu'elle devait rentrer.

– J'ai un contrôle de chimie demain matin, soupira-t-elle. Ma mère va me tuer si je ne révise pas au moins une heure !

– Moi, c'est en maths que j'ai du boulot ! se désola Carole. J'ai promis à mon père de remonter ma moyenne. Il dit qu'en son absence, je dois faire encore plus d'efforts que d'habitude. Et il ne plaisante pas avec ça !

Lisa et Steph hochèrent la tête avec gravité. La réputation de sévérité du colonel Hanson n'était plus à faire. Et même s'il était en mission à des milliers de kilomètres du Pin Creux, il surveillait sa fille unique de près.

– Eh bien moi, dit Steph, je m'intéresse plutôt à l'histoire, figurez-vous.

Elle sortit la médaille de sa poche, et la contempla avec fascination.

– Avant de rentrer chez moi, je vais aller voir Mme Reg pour qu'elle me parle de sa jeunesse à Sweet Water. Je suis sûre que cette médaille va m'apprendre des choses passionnantes !

Les trois amies se quittèrent, et Steph se dirigea vers le club-house. Elle y trouva Mme Reg occupée à sortir des malles les costumes prévus pour le défilé.

– Tu tombes bien, Steph ! lui sourit-elle. Que penses-tu de cette robe ? Elle t'irait à ravir pour le grand jour, non ?

Steph hocha la tête en examinant les dentelles et les frous-frous, mais ce n'était pas l'heure de faire des essayages. Elle montra la médaille à Mme Reg en lui expliquant où elle l'avait trouvée.

– Surprenant ! s'exclama celle-ci.

– Vous voulez dire que c'est un objet rare ? demanda Steph.

– Pas vraiment… fit Mme Reg en lui envoyant un clin d'œil. Viens voir !

Elle se dirigea vers la bibliothèque, et fouilla sur l'étagère où étaient rangés les trophées. Du fond d'une coupe, elle retira un ruban, au bout duquel pendait une médaille identique à celle que Steph venait de lui apporter. On pouvait y lire ceci : « Première place de l'équipe junior pour le concours de poney de Sweet Water, 1963 ».

– Elle est à vous ?

– Oui, ma chère ! répondit Mme Reg en bombant le torse. C'était ma première récompense !

– Et vous vous rappelez qui a gagné le concours en 1957 ?

– Hum..., grogna Mme Reg en réfléchissant. Pour le savoir, il faudrait que je cherche dans mes vieux albums. Si ça t'intéresse, je te les passerai.

– Ce serait génial, madame Reg ! s'exclama Steph, les yeux brillants. Comme ça, je pourrais poursuivre mon enquête !

– Nous verrons ça mercredi, proposa la directrice. Pour l'instant, je dois absolument finir de vérifier l'état des costumes. Je te rappelle que la fête des Pionniers a lieu dans dix jours ! Ça va arriver vite !

Steph remercia Mme Reg et se dépêcha de quitter le centre équestre, car le soir tombait. Elle récupéra son vélo et prit le chemin de chez elle en rêvant. Sans comprendre pourquoi, elle se sentait irrésistiblement attirée par cette vieille médaille, comme si un lien existait entre elle et son mystérieux propriétaire…

Le mercredi suivant, Steph eut du mal à rester concentrée pendant la reprise matinale. Jack donnait un cours de saut d'obstacles, mais elle avait plutôt envie de s'enfermer dans le club-house où Mme Reg, selon sa promesse, avait mis de côté pour elle une grosse pile de documents.

– Allons, Steph ! la gronda Jack. Raccourcis tes rênes et fais attention à tes diagonales ! On dirait une débutante !

Cette remarque fit pouffer de rire Veronica Angelo. Cette peste, qui ne perdait jamais une occasion de se moquer des autres, claironna aussitôt :

– Ce n'est pas Mlle Lake qui va prendre la tête du défilé cette année, on dirait !

– Qui es-tu pour distribuer des bons points ? rétorqua Carole aussi sec. Steph a autant de chance que les autres d'être élue !

– Ma pauvre fille..., soupira Veronica. Je ne vois qu'une seule personne digne d'endosser un tel rôle : moi !

– Et en quel honneur ? fit Lisa, estomaquée.

– Cela tombe sous le sens, expliqua Veronica. Mes parents ont été parmi les premiers à s'inscrire au Pin Creux.

– Mais vous êtes arrivés ici il y a seulement dix ans, lui rappela Lisa. L'histoire de la région est beaucoup plus ancienne. Vous ne faites donc pas partie des pionniers !

Veronica exprima son mépris par une moue agacée, et elle se redressa sur sa selle avant de répliquer :

– La famille Angelo est une lignée d'aristocrates italiens dont les racines se perdent dans la nuit des temps, je te signale.

– Très bien ! grogna Steph. Alors va défiler en Italie, et arrête de nous casser les oreilles !

Les filles auraient dû le savoir : Veronica ne s'avouait jamais vaincue. Au lieu d'abandonner la partie, elle relança le débat en expliquant qu'il fallait avoir du style pour honorer la fête des Pionniers.

– Par mes origines nobles, je possède une classe naturelle dont vous êtes toutes dépourvues, ajouta-t-elle. Sans moi, vous aurez l'air d'une simple bande d'amateurs déguisés pour le carnaval. Ce sera pitoyable...

Il fallut que Jack se fâche pour que la dispute cesse. Il fit claquer sa chambrière sur le sable de la carrière, et cria pour obtenir le calme. Agacé, le soigneur prit le temps d'ajouter :

– Je vous rappelle que le choix du cavalier ou de la cavalière qui mènera le défilé dépend d'un comité d'experts. La délibération n'a pas encore eu lieu, mais ce n'est pas en vous disputant que vous réglerez la question, c'est clair?

Après cette mise au point, les cavaliers se rassemblèrent au début du parcours, et les exercices purent enfin reprendre.

– N'empêche, murmura Veronica, je suis vraiment la meilleure candidate... Et je le prouverai!

Obsédée par cette idée, elle attendit patiemment la fin de la reprise, puis elle partit à la recherche de Mme Reg. Elle la trouva à l'arrière des écuries, en plein rangement.

– Puis-je vous aider, madame Reg? demanda-t-elle sur un ton mielleux.

– Oh, c'est gentil, Veronica! Attrape cette caisse, s'il te plaît. Je dois la porter au club-house.

La jeune fille saisit les poignées et accompagna la directrice qui tenait à bout de bras plusieurs cartons empilés. Chemin faisant, elle aborda le sujet qui la préoccupait:

– Au fait, madame Reg, vous êtes bien membre du comité d'experts, n'est-ce pas?

– Où veux-tu en venir ? se méfia aussitôt Mme Reg.

– Oh, nulle part... Je me disais seulement que vous devez avoir le sens des traditions et de l'honneur pour remplir une telle fonction, non ?

– Euh... oui, sans doute, fit Mme Reg en fronçant les sourcils.

– Dans ce cas, je me réjouis que vous souteniez ma candidature en tant que meneuse du défilé, lâcha miss Angelo.

Sous le coup de la surprise, Mme Reg perdit l'équilibre et la pile de cartons dégringola par terre. Elle soupira et mit ses poings sur ses hanches.

– Je me doutais que tu n'étais pas venue me voir par hasard, Veronica... Je vais être très franche avec toi : je ne soutiens personne pour le moment. Et selon le règlement, la personne qui prendra la tête du défilé doit être élue à l'unanimité.

Veronica sursauta, comme sous l'effet d'une gifle.

– À l'unanimité ? répéta-t-elle.

– Exactement ! Si tu parviens à convaincre tout le monde que tu es la meilleure candidate, alors…

– Vous voulez dire que je devrais faire signer une pétition, par exemple ?

Mme Reg leva les yeux au ciel. Elle secoua la tête, puis retrouva un semblant de sourire.

– Une pétition ? C'est un moyen un peu radical, mais… pourquoi pas ?

À ces mots, Veronica se débarrassa de la caisse qu'elle trimballait et la laissa par terre. Vexée comme un pou, elle tourna les talons.

– Mais, attends ! lui cria Mme Reg. Je ne peux pas porter ça toute seule !

– Trouvez quelqu'un d'autre ! fit Veronica en s'éloignant. Je n'ai plus le temps ! J'entre en campagne électorale !

4

Aussi impatiente que Veronica, Steph avait quitté les écuries en toute hâte après la reprise. Abandonnant Lisa et Carole, elle s'était précipitée vers le club-house. Là, elle avait découvert les vieux albums laissés par Mme Reg à son intention.

– Il doit y avoir de vrais trésors là-dedans, avait-elle murmuré en ouvrant le premier registre.

Les yeux brillants, elle commença à parcourir les photos, à déplier les affiches et à lire attentivement les programmes des concours datant des années 1950. Elle était en train d'éplucher la liste des noms des concurrents quand Mme Reg entra, chargée comme une mule.

– Oh, madame Reg ! Merci pour tout ça ! s'exclama Steph. C'est exactement ce que je voulais !

– Ravie que ça te plaise, répondit la directrice en lâchant ses cartons au milieu de la pièce.

Elle soupira, et détendit ses vertèbres endolories avant de s'approcher de la table.

– Tu trouves des choses intéressantes ?

– Oui, ça y est ! répondit Steph en pointant l'index au milieu de la liste. Le vainqueur du concours de 1957 était une jeune femme. Une certaine Rosemary Cross.

– Rosemary Cross…, répéta Mme Reg, les yeux dans le vague. Je connais ce nom, mais il me semble que cette fille était déjà senior quand je suis arrivée à Sweet Water…

Steph tourna les pages de l'album et s'arrêta sur une série de photos qui montraient des cavaliers posant près de leurs chevaux. Les légendes inscrites au crayon avaient pâli avec les années, mais elle put lire le prénom de Rosemary sous l'un des clichés.

– Regardez, c'est elle ! Son visage vous dit quelque chose ?

Mme Reg se pencha au-dessus de son épaule.

– Oh oui, bien sûr ! se souvint-elle. Sa famille avait une maison aux environs du club, près de la colline hantée.

– La colline hantée ? s'étonna Steph en sentant un frisson descendre dans son dos. Vous croyez que cette maison est encore habitée ?

– Pas que je sache, dit Mme Reg en secouant la tête. Il me semble que les lieux sont vides depuis de nombreuses années.

Steph fixait la photo, fascinée. Elle avait l'impression de disposer les pièces d'un puzzle devant elle, sans savoir quel tableau allait apparaître sous ses yeux. C'était très excitant. Elle allait poser une autre question lorsque Max surgit dans le club-house, une feuille à la main.

– Je cherche Jess et Mélanie, annonça-t-il. Elles sont ici ?

– Je les ai aperçues dans les écuries après la reprise, l'informa Steph.

– J'en viens, mais elles n'y sont plus, soupira Max. Je suppose qu'elles étaient avec leur petit protégé ?

– Tu les connais, sourit Steph. Et elles étaient encore en train de lui donner à manger, bien sûr…

Max leva les yeux au ciel, secoua la feuille, et s'adressa à sa mère :

– J'ai calculé les frais relatifs à la pension de Problème, dit-il. Cet ânon nous coûte aussi cher qu'un étalon ! Quand je vais leur montrer la facture, Jess et Mélanie vont tomber de haut, crois-moi !

– Tu t'es engagé à le garder, lui rappela Mme Reg, amusée. Moi, je ne veux pas entendre parler des problèmes d'âne…

– Je sais, se désola Max. Mais je me

demande si cet animal n'est pas venu au monde avec l'estomac d'une vache !

Il replia la feuille et quitta la pièce en bougonnant. Mme Reg fit un clin d'œil à Steph.

– Décidément, je suis bien contente d'avoir confié la gestion du Pin Creux à mon fils. Moi, je n'ai plus qu'à m'occuper des choses agréables, comme la fête des Pionniers, par exemple ! D'ailleurs, viens voir, j'ai retrouvé les accessoires qui vont avec les costumes...

Elle désigna les cartons posés près des canapés, et Steph délaissa un moment ses recherches pour l'aider à sortir toutes les affaires.

Si Max n'avait pas vu Jess et Mélanie aux écuries, il avait fini par les coincer au moment où elles menaient leur ânon à son enclos. Les mâchoires crispées, il leur avait tendu la facture en déclarant :

– C'est la fin du mois, les filles ! Je vous donne trois jours pour régler la note.

En découvrant l'addition, Jess et Mélanie avaient blêmi. Aussitôt, elles s'étaient éclipsées au Jb's, histoire de se remonter le moral devant un rafraîchissement. Attablées dans un coin près du comptoir, elles comptaient et recomptaient leur argent de poche.

– Zut ! fit Mélanie. On n'a même pas assez pour deux sodas. Il va falloir partager, ma vieille !

– C'est fou comme l'argent file vite, se désespéra Jess en fouillant vainement les poches de son pantalon à la recherche de piécettes égarées. Comment on va faire pour la pension ?

– Salut, les filles ! leur lança soudain Veronica en se faufilant jusqu'à leur table. Je peux vous offrir quelque chose ? Une glace ? Une gaufre à la chantilly ?

Jess et Mélanie froncèrent les sourcils, et restèrent un moment muettes de surprise. Jamais elles n'avaient vu Veronica leur adresser si gentiment la parole, et encore moins leur proposer de leur offrir quelque chose.

– Qu'est-ce qui t'arrive, Veronica? demanda Mélanie, soupçonneuse. Tu as été touchée par la grâce? Pourquoi es-tu gentille avec nous d'un seul coup?

– Moi, gentille? s'irrita la grande blonde. Pas du tout!

Elle prit place devant les deux petites, et posa sur la table une pochette sur laquelle était accrochée une feuille. Dessus, on pouvait voir une photo de Veronica tout sourires, et ces mots écrits en gros caractères: «Votez pour la meilleure!»

– En vérité, fit Veronica, les lèvres pincées, j'entame une campagne pour être élue à la tête du défilé des Pionniers. Vous n'avez qu'à signer ici!

Avec un aplomb inébranlable, elle leur tendit un stylo.

– Eh! Attends! s'écria Jess. Qui sont les autres candidats? Et qui te dit qu'on veut voter pour toi?

Mélanie lui envoya soudain un coup de coude et murmura:

– À moins que…

Jess ouvrit des yeux ronds, mais elle ne tarda pas à comprendre où voulait en venir sa copine. Un sourire malin éclaira son visage :

– À moins que tu ne nous payes ! s'exclama-t-elle.

– Quoi ? s'étrangla Veronica. Vous croyez que c'est un fonctionnement démocratique ? Vous me décevez beaucoup, les filles !

– Bah, c'est à toi de voir..., susurra Mélanie en croisant les bras d'un air déterminé.

Veronica se mordit la lèvre, prit sa respiration et demanda :

– O.K. Vous voulez combien ?

Les deux petites se chuchotèrent quelques mots à l'oreille. Puis Mélanie sortit de sa poche la feuille où Max avait noté ses calculs, avant de déclarer :

– On peut t'obtenir toutes les signatures nécessaires. En échange, tu règles cette facture.

Veronica sentit le rouge lui monter aux joues lorsqu'elle découvrit la somme à trois chiffres, mais elle parvint à garder son sang-froid. En fin de compte, pour une Angelo, cette somme n'était rien !

– Toutes les signatures ? demanda-t-elle. Même celles du Club du Grand Galop ?

– Marché conclu ! s'écria Mélanie sans hésiter.

– Avec deux sodas et deux boules de glace ! ajouta Jess avec précipitation.

Bouillant de colère face à un tel chantage, Veronica finit par céder. Elle savait qu'elle ne pourrait pas convaincre Carole, Lisa et Steph autrement que par la ruse... Elle se tourna donc vers le comptoir, et lança au serveur :

– Deux sodas et deux boules de glace, s'il te plaît !

Elle s'empara de la facture et la fit disparaître dans son sac.

– Je vous donne jusqu'à demain soir pour me rendre la pétition signée en bonne et due forme ! Bon appétit !

Jess et Mélanie la saluèrent, et attendirent leurs consommations avec impatience, persuadées d'avoir fait l'affaire du siècle.

5

En début d'après-midi, Carole et Lisa retrouvèrent Steph devant le box de Belle. Elle était en train de préparer sa selle.

– Où étais-tu passée ? s'exclama Carole. On t'a cherchée partout !

– On voulait te proposer de partir en balade vers Blue Lake ! ajouta Lisa. Ça fait longtemps qu'on n'a pas rendu visite à Orlando !

– Désolée, répondit Steph, laconique. J'ai d'autres projets.

Sous les regards dépités de ses amies, elle sella sa jument et effectua les réglages des sous-ventrières, sans décrocher un mot. Lisa et Carole échangeaient des regards perplexes. Depuis quelques jours, elles ne reconnaissaient plus Stephanie Lake : leur amie joyeuse et enthousiaste était devenue renfermée et solitaire.

– C'est cette histoire de médaille qui te rend bizarre, diagnostiqua Lisa.

– Où tu vas ? enchaîna Carole. On peut venir avec toi, si tu veux !

– Je retourne sur la colline, avoua Steph. Si Rosemary Cross vit encore dans sa maison, je veux lui parler. Mais je préfère y aller seule. Si elle nous voit débarquer toutes les trois, elle va se méfier.

– Seule sur la colline hantée ? s'effraya Lisa. Tu es sûre de…

– Je te l'ai déjà dit, je ne crois pas aux fantômes ! l'interrompit Steph en attrapant la longe de Belle pour la guider hors des écuries. Mais je fais confiance à mon intuition. Il faut que je retrouve la gagnante du concours de Sweet Water en 1957. Un point, c'est tout.

Steph semblait tellement décidée que Carole et Lisa n'insistèrent pas. Elles la regardèrent se mettre en selle, et l'accompagnèrent seulement du regard lorsqu'elle prit la direction de la colline.

– Fais attention à toi ! lui cria quand même Carole.

– Brrr, fit Lisa en réprimant un frisson. J'aime autant ne pas l'accompagner, de toute façon...

Steph coupa à travers la ville, puis elle mit Belle au trot pour traverser Green Valley. Le temps était frais, et pas un nuage ne traînait dans le ciel. Lorsqu'elle parvint au bas de la colline, elle caressa l'encolure de sa jument.

– C'est bien, ma Belle ! lui murmura-t-elle. Et maintenant, un dernier effort ! Nous y sommes presque !

Elle s'engagea sur le sentier rocailleux, puis traversa de nouveau le village abandonné autour de l'ancienne mine, avant de bifurquer vers l'ouest. D'après la carte qu'elle avait consultée, la maison des Cross se trouvait là-bas, à l'extrémité du plateau. Et en effet, au détour d'un bosquet de peupliers, elle aperçut bientôt une ferme qui, bien qu'en mauvais état, semblait encore habitée.

Elle ralentit, et s'approcha, le cœur battant. Il lui avait semblé entendre du bruit provenant de l'arrière de la ferme : des coups secs et répétés, comme si quelqu'un plantait un clou.

Elle contourna le bâtiment et découvrit une femme qui lui tournait le dos. Vêtue d'une longue chemise aux manches relevées, tenant une hache à deux mains, elle était en train de couper des bûches sur un billot. Elle était un peu voûtée par l'âge, mais elle semblait encore très vigoureuse.

Steph avala sa salive, et attendit que la femme ait fendu sa dernière bûche, avant de lancer un « bonjour ! » joyeux.

La femme tressaillit et se retourna. Sous

son chapeau de paille, Steph découvrit un visage froid et sévère. Une paire d'yeux bleu délavé la fixaient avec la méfiance d'une biche traquée. Sans se laisser impressionner, la jeune cavalière mit pied à terre.

– Je m'appelle Stephanie Lake, dit-elle en s'approchant. Vous êtes Rosemary Cross, n'est-ce pas ?

La femme ne répondit pas. Elle se contenta de hausser les épaules et de plisser davantage les yeux.

– J'aimerais vous parler, insista Steph.

– Va-t'en ! répondit enfin la femme. Je ne parle à personne depuis des années. Je veux qu'on me fiche la paix, c'est clair ?

– Mais... j'ai trouvé quelque chose qui vous appartient, plaida Steph d'une petite voix. C'était sur la colline, près de la mine... coincé sous une planche qui portait le nom de Smokey.

En entendant ce nom, le visage de la vieille femme changea de couleur. Et quand Steph sortit la médaille de sa poche pour la lui rendre, l'émotion la fit vaciller.

– Oh, mon Dieu ! s'écria Rosemary en portant une main à sa bouche.

Elle déposa sa hache dans l'herbe et saisit la médaille d'une main tremblante. Des larmes troublaient sa vue, si bien qu'elle dut s'essuyer les yeux avant de pouvoir lire l'inscription.

– C'est bien la mienne, reconnut-elle à mi-voix.

Elle dévisagea Steph avec une douceur soudaine.

– Sois la bienvenue, lui dit-elle. Tu as fait la route exprès pour me parler ?

– Belle et moi venons du Pin Creux, expliqua Steph en désignant sa jument. Vous savez, le club près de Morning Side ?

– Ce n'est pas exactement la porte à côté, convint la vieille dame. Veux-tu boire quelque chose ? J'ai du thé…

– J'adore le thé ! répondit Steph avec un immense sourire.

6

Jess et Mélanie avaient trouvé une astuce imparable pour que les cavaliers acceptent de signer leur pétition. Satisfaites de leur ruse, elles se dirigèrent vers les écuries, munies de la pochette et d'un stylo. Le premier sur qui elles tombèrent fut Simon Hatterton. Le jeune garçon était accroupi dans une stalle, occupé à curer les sabots de Midnight.

– Salut Simon ! lui lancèrent les deux petites. On peut te parler ?

Simon se redressa et elles pouffèrent en découvrant son visage.

– Qu'est-ce qu'il y a ? se renfrogna le garçon.

– Pourquoi tu portes une moustache ? rigola Jess. On dirait un vieux bonhomme !

Simon rougit et décolla précipitamment sa moustache postiche.

– Oups, j'ai oublié de l'enlever après l'essayage des costumes ! s'excusa-t-il.

– Ça te va à merveille ! plaisanta Mélanie.

– Je vote pour que tu sois en tête du défilé ! eut même le culot d'ajouter Jess.

– Oh non ! ça ne m'intéresse pas, se récria Simon. Midnight est encore très sensible et j'aurais peur de ne pas le maîtriser... C'est déjà super de participer ! D'ailleurs, j'ai encore beaucoup de travail et...

– On a juste besoin d'une signature ici, l'interrompit Mélanie.

Elle lui tendit la pochette et lui fourra le stylo dans la main.

– C'est une pétition pour garder Problème au Pin Creux, expliqua-t-elle. Tu connais

Max : il n'arrête pas de rouspéter, et il nous réclame sans cesse de l'argent. Si tout le monde signe, Problème sera sauvé de la SPA.

Simon avait l'esprit ailleurs. Il ne prit pas le temps de vérifier, signa et rendit la feuille à Mélanie.

– Merci pour ta participation ! fit Jess.

– Et bonne chance pour le défilé avec Midnight ! ajouta Mélanie.

Sans se départir de leur sérieux, elles poursuivirent leur chemin de stalle en stalle pour trouver d'autres élèves, à qui elles racontèrent le même mensonge. Bien entendu, personne ne se méfia, et les signatures s'accumulèrent sur la page.

– Il ne reste plus qu'à obtenir celles de Carole, Lisa et Steph, ajouta Jess après avoir compté les noms. Et Veronica n'aura plus qu'à payer !

– On est vraiment très malignes ! se réjouit Mélanie.

Elles entrèrent dans la sellerie, juste au moment où Lisa, vêtue d'un pantalon bouffant et d'une longue robe en dentelles, entamait quelques pas d'une danse endiablée, en levant les genoux bien haut, à la façon des pionniers d'autrefois. Elle se figea net en voyant surgir Jess et sa sœur.

– Vous pourriez frapper avant d'entrer! se fâcha-t-elle.

– Désolée! s'exclamèrent en chœur les deux filles.

– Et fermez la porte derrière vous! s'énerva encore Lisa.

Elle rajusta ses dentelles et reprit sa respiration.

– Qu'est-ce que vous voulez?

– On a besoin de ta signature, répondit Mélanie. C'est une pétition pour Problème.

– Je croyais que Max et Mme Reg étaient d'accord pour le garder, fit remarquer Lisa.

Les deux petites se lancèrent dans des explications embrouillées, puis elles lui montrèrent les signatures qu'elles avaient déjà récoltées comme preuve de leur bonne foi. Lisa fronça les sourcils. Elle connaissait si bien sa sœur qu'elle pouvait détecter un mensonge à des kilomètres…

– Donne-moi cette feuille, dit-elle. Je ne signerai rien sans lire le contenu de la pétition.

– Inutile ! s'indigna Mélanie. Tu ne me fais pas confiance ?

– Justement non ! répliqua Lisa en tentant de lui arracher la pochette des mains.

Les deux sœurs se disputèrent, mais Lisa finit par obtenir ce qu'elle voulait. Elle retourna le papier, et le visage de Veronica Angelo apparut sur le verso, ainsi que l'inscription « Votez pour la meilleure ! ». Jess et Mélanie se mordirent les joues, tandis que Lisa les dévisageait, totalement outrée.

– Je n'en crois pas mes yeux ! s'exclama-t-elle. Vous extorquez les signatures des gens pour… pour que cette peste de Veronica puisse parader comme une princesse pendant notre fête ? Mais qu'est-ce qui vous prend ? Vous êtes tombées sur la tête ?

Les deux copines restèrent muettes de honte.

– Regardez ce que j'en fais, de votre fichue pétition ! cria Lisa en chiffonnant la feuille.

Puis, d'un geste impérial, elle retroussa son jupon et quitta la sellerie à grandes enjambées, laissant Jess et Mélanie avec leur conscience.

– Zut ! finit par soupirer Jess. Je crois que c'est cuit... Nous n'arriverons jamais à payer la facture de Max.

– Qu'est-ce qu'elle m'énerve ! explosa Mélanie. C'est toujours la même chose avec elle ! Ma sœur est vraiment la pire des enquiquineuses !

Elle ramassa la feuille abîmée, et tenta de la défroisser. Après tout, il ne manquait que trois signatures... Peut-être que Carole et Steph se laisseraient convaincre ? Peut-être que Veronica pourrait se contenter d'une semi-pétition ? Peut-être même qu'en trichant un peu...

7

Pour l'heure, Steph était bien loin des préoccupations de Mélanie et Jess. Depuis qu'elle était arrivée à la ferme de Rosemary Cross, il lui semblait être entrée dans un autre temps. Ici, il n'y avait pas d'ordinateur, ni de télévision, ni de téléphone portable, et pourtant, la vieille dame solitaire ne manquait de rien. Elle fit bouillir de l'eau sur un antique poêle à bois, et, tout en lui racontant ses souvenirs, elle servit le thé dans des tasses qui avaient appartenu à ses lointains ancêtres. Auprès d'elle, Steph se sentait calme et apaisée.

– C'est mon père qui m'a offert Smokey, mon premier poney, expliqua Rosemary en plongeant un morceau de sucre dans son thé. Il était magnifique, tu aurais vu ça ! D'un superbe gris pommelé. J'avais huit ans, et on peut dire que j'ai grandi sur son dos.

– Ça devait être merveilleux ! souffla Steph.

– Ce que j'adorais, c'était aider les hommes à rassembler les troupeaux ! se rappela Rosemary. Smokey et moi, nous étions les plus rapides !

Une ombre passa soudain sur le visage de la vieille dame. Sa voix s'étrangla, mais elle poursuivit :

– Quand j'ai eu quinze ans, mon père a décidé de m'envoyer dans un pensionnat, en ville. Il voulait que je fasse des études... Je lui ai dit que je mourrais si je devais abandonner Smokey, mais il ne m'a pas écoutée.

– C'est horrible ! intervint Steph. Moi, je

ne pourrais pas vivre loin de Belle ! À votre place, je me serais enfuie !

La vieille dame eut un sourire triste, et ses yeux s'embuèrent de nouveau.

– C'est ce que j'ai fait, murmura-t-elle. Je me suis enfuie le soir de la plus terrible tempête de neige qu'ait connue la région... La nuit est tombée. Le vent a redoublé, poussant la neige en congères gigantesques contre les arbres, les rochers... Alors, je me suis complètement perdue.

Steph avait posé sa tasse. Elle ne pouvait plus boire autre chose que les paroles de Rosemary Cross.

– Que s'est-il passé ? demanda-t-elle d'une voix pleine de crainte.

– Smokey a continué d'avancer, sous les bourrasques. Il avait de la neige jusqu'aux jarrets, mais il ne se plaignait pas. Il voulait me mettre à l'abri, tu comprends ?

Steph hocha la tête. Elle voyait la scène se dérouler sous ses yeux avec une précision étonnante.

– Et soudain, j'ai senti Smokey s'affaisser sous moi, dit Rosemary en réprimant un sanglot. Sans le savoir, il venait de s'enfoncer dans un ancien puits de mine. Sa jambe était prise dedans, impossible de le sortir de là… J'ai essayé, pourtant, je te le jure ! Essayé, et essayé encore ! Je suis restée contre lui jusqu'au matin. Je lui parlais, je lui caressais l'encolure… Je lui disais qu'on allait s'en sortir, mais…

Les larmes roulaient sur les joues de la vieille dame, et Steph sentait sa gorge se nouer.

– Quand les secours sont arrivés, le jour se levait, réussit à expliquer Rosemary. J'étais vivante. Mais Smokey, lui, ne bougeait plus. Il était mort à quelques centaines de mètres seulement de chez nous…

– À l'endroit où j'ai trouvé la médaille ? osa demander Steph.

Rosemary fit signe que oui. Elle essuya ses yeux, avala une gorgée de thé bien chaud, et regarda Steph.

– Ce jour-là, j'ai décidé que je ne monterai plus jamais à cheval. Tu comprends ?

J'ai laissé la médaille sur le lieu de l'accident. Et j'ai tenu parole.

Steph se leva de sa chaise, et, au comble de l'émotion, prit Rosemary dans ses bras. La vieille dame se laissa faire. Elle était si remuée qu'elle ne savait plus si elle devait rire ou pleurer, mais à la fin, elle remercia Steph d'être venue lui rapporter la médaille.

– Je n'avais plus parlé de cette histoire depuis des années, tu sais. Je pensais que la douleur pouvait disparaître si je me taisais. Mais je dois avouer que ça m'a fait le plus grand bien de tout te raconter…

Elles restèrent un moment l'une contre l'autre, plongées dans leurs pensées. Et peu à peu, les sanglots cessèrent. La lumière du soir descendait doucement sur la colline, et tout semblait noyé dans la douceur.

– Il va falloir que je rentre, annonça Steph à regret. Mais est-ce que je pourrai revenir vous voir demain ?

La vieille dame sourit.

– Demain, et tous les autres jours si tu le souhaites, murmura-t-elle.

8

Le lendemain soir, après leur journée d'école, Jess et Mélanie rejoignirent Veronica au Jb's. Juchée sur un tabouret, la grande blonde sirotait un diabolo menthe au comptoir.

– Alors ? fit-elle en voyant entrer Jess et Mélanie. Mes petites rabatteuses ont de bonnes nouvelles à m'annoncer, j'espère !

– Peut-être..., répondit Jess. Mais on parlerait mieux si tu nous offrais quelque chose.

– Oh oui ! soupira Mélanie. Je rêve d'une gaufre au chocolat !

– D'abord les signatures, trancha Veronica.

Jess et Mélanie échangèrent un regard entendu et déposèrent la pochette sur le comptoir. Veronica s'en saisit et détailla chaque nom, en vérifiant qu'il n'en manquait pas un.

– Vous m'épatez, les filles, avoua-t-elle. Comment avez-vous réussi à convaincre le Club du Grand Galop de voter pour moi ?

– Eh bien, ça, c'est notre petit secret ! chantonna Jess. Maintenant, tu dois nous payer !

Mais Veronica fit la sourde oreille. Elle sauta de son tabouret et se dirigea vers la sortie du Jb's.

– Vous ne serez payées qu'au moment où Mme Reg m'aura garanti la première place du défilé, déclara-t-elle. Venez ! Nous allons lui montrer la pétition immédiatement !

– Mais, attends ! Ce n'est pas du tout ce que nous avions conclu ! protesta Mélanie.

– Peut-être, dit Veronica. Mais ce sont *mes* conditions. Direction : le Pin Creux !

– Moi, c'est mon estomac qui est creux..., soupira Mélanie, en jetant un regard triste vers la pile de gaufres.

Embarrassées, les deux petites suivirent Veronica en traînant des pieds. Bien entendu, les signatures de Carole, Lisa et Steph étaient des imitations... Elles redoutaient que Mme Reg ne s'aperçoive de la supercherie, mais il était trop tard pour faire machine arrière. Elles croisèrent les doigts tout le long du chemin pour qu'elle ne les démasque pas.

Arrivée au centre équestre, Veronica hâta le pas jusqu'à la carrière où elle trouva Mme Reg en grande discussion avec Jack.

– Madame Reg ! Madame Reg ! appela Veronica. Ça y est ! J'ai les signatures pour la pétition !

La directrice se tourna vers la jeune fille, et ouvrit des yeux comme des soucoupes en découvrant la feuille que cette dernière lui tendait.

– Vous pouvez les compter, claironna

Veronica, il n'en manque pas une ! Les élèves ont voté pour moi. À l'unanimité !

Bien qu'impressionnée, Mme Reg ne lui cacha pas qu'elle avait des soucis plus urgents que de décider l'ordre du défilé.

– Jack vient de m'informer qu'un de nos chevaux a disparu, lui expliqua-t-elle. Excuse-moi, mais je dois absolument régler ce problème avant de…

Elle s'interrompit en entendant un hennissement lointain, du côté du bois de chênes. Jack se tourna en même temps qu'elle dans cette direction. Il écouta, et soudain, son visage s'éclaira :

– Je reconnais Petit-Nuage ! fit-il avec un soupir de soulagement.

C'est alors que deux silhouettes apparurent à l'orée des grands arbres. L'une montait une jument alezane, et l'autre un cheval gris pommelé.

– Oui, c'est bien Petit-Nuage ! confirma Mme Reg.

– Et l'autre, c'est Belle avec Steph ! s'écria Jess.

– Mais qui monte Petit-Nuage ? demanda Mélanie.

Tout le monde se tut jusqu'à ce que les deux cavalières, franchissant d'un saut parfait les barrières de la carrière, se soient suffisamment approchées.

– J'espère que vous ne vous êtes pas trop inquiétés pour Petit-Nuage ! s'exclama Steph. Je suis désolée si je vous ai fait peur...

Mme Reg croisa les bras sur sa poitrine d'un air réprobateur.

– Depuis quand les élèves de ce club viennent-ils monter en dehors des heures réservées, et sans prévenir ? dit-elle en se forçant à paraître sévère.

– Je vous demande de m'excuser, répondit sincèrement la jeune fille en stoppant Belle à quelques mètres de Mme Reg. J'avais peur que vous me refusiez une faveur. C'était très important pour moi.

La mystérieuse cavalière qui montait Petit-Nuage ôta le chapeau à larges bords qui masquait son visage. Steph reprit la parole :

– Permettez-moi de vous présenter mon invitée : Rosemary Cross.

– Bonjour à tous ! dit Rosemary avec un sourire. Et merci infiniment de m'avoir prêté Petit-Nuage. Quand je l'ai vu arriver près de ma ferme tout à l'heure, avec Steph, vous ne pouvez pas savoir mon émotion… Ce cheval ressemble tellement à mon Smokey !

– Smokey ? demandèrent Jess et Mélanie. Qui est-ce ?

Rosemary et Steph échangèrent un regard complice.

– C'est une longue histoire, répondit la vieille dame.

– Voulez-vous nous la raconter en buvant un thé au club-house ? proposa Mme Reg. Quand Jack m'a appelée au sujet de la disparition de Petit-Nuage, je venais justement de sortir du four mon fameux gâteau au chocolat…

– Votre gâteau au chocolat ! s'exclama Mélanie, d'une voix gourmande.

Elle se tourna vers Rosemary Cross.

– S'il vous plaît, dites oui ! C'est le meilleur de toute la région !

– Dans ce cas, déclara Rosemary, je ne peux pas refuser...

Une fois les chevaux ramenés aux écuries, tout le monde se rassembla au club-house, à l'exception de Veronica. Celle-ci, furieuse que personne ne prête plus aucune attention à elle, avait préféré rentrer chez elle.

En présence de Rosemary, Steph étala de nouveau toutes les trouvailles qu'elle avait faites dans les vieux albums de Mme Reg : les photos, les articles de journaux de l'époque, et les programmes des concours. Émerveillée, la vieille dame s'y plongea avec bonheur, jusqu'à ce qu'elle découvre une photo d'elle en compagnie de Smokey.

– Je me souviens de ce cliché, dit-elle d'une voix tremblante. Il a été pris quelques semaines avant sa mort...

Tout en coupant son gâteau et en distribuant les parts, Mme Reg réfléchissait. Dès qu'elle avait vu le visage de Rosemary, une foule de souvenirs avait jailli de sa mémoire. Elle demanda :

– N'était-ce pas vous qui deviez prendre la tête du défilé lors de la fête des Pionniers, cette année-là ?

Steph tressaillit, et fixa intensément Rosemary. Les larmes aux yeux, la vieille dame confia :

– Oui, nous avions eu l'honneur d'être désignés, lui et moi. Malheureusement, le destin nous en a empêchés…

En entendant ces mots, Steph devina aussitôt les pensées de Mme Reg. Elles se regardèrent sans un mot, puis Steph sourit et déclara :

– Il arrive que le destin répare ses erreurs, non ?

Enfin, le jour du défilé arriva. Impatients, les élèves s'étaient réunis dès le matin dans la salle du club-house pour enfiler leurs costumes, se coiffer et se maquiller. La fête des Pionniers était l'occasion d'un rassemblement exceptionnel, et les clubs de toute la région convergeaient vers la ville pour parader. Il s'agissait donc d'apparaître sous son meilleur jour pour faire honneur au Pin Creux !

– Quel dommage que je ne puisse pas monter mon nouveau cheval dès ce soir, soupira Desi en cirant ses bottes.

– Ça y est ? Ton père s'est enfin décidé à t'en acheter un autre ? demanda Simon en rajustant sa moustache postiche devant un miroir.

– Oui ! sourit Desi. Tu verras, il est fantastique ! Malheureusement, il n'arrivera au Pin Creux que la semaine prochaine...

– J'ai hâte de faire sa connaissance, répondit Simon. Je suis sûr qu'il sera plus obéissant que Midnight, en tout cas !

– Ça, je l'espère..., soupira Desi.

Carole vint tourbillonner au milieu de la salle dans une splendide robe rose à manches ballons.

– Comment me trouvez-vous ? demanda-t-elle en riant.

– Une vraie marquise ! s'esclaffa Simon. As-tu trouvé un marquis pour t'accompagner ?

– Moi ! s'écria Phil.

Le jeune garçon surgit de derrière un

paravent, engoncé dans un veston trop petit pour lui. Quant à son pantalon en flanelle, on aurait dit un pantalon de golf... Carole grimaça et tout le monde éclata de rire. Seule Veronica ne riait pas, renfrognée dans un coin. Depuis des jours, énervée comme une puce, elle harcelait Mme Reg pour connaître sa décision. Mais la directrice gardait son secret : elle avait décidé de dévoiler l'ordre du défilé au dernier moment.

– Je vous préviens, répétait miss Angelo en maugréant à qui voulait l'entendre, si je ne suis pas en tête, je fais un scandale ! J'irai jusqu'à téléphoner à l'avocat de mon père, vous m'entendez !

– Détends-toi, lui suggéra Desi. Ce n'est qu'une fête... Ce qui compte, c'est de s'amuser !

– Je suis bien d'accord ! renchérit Steph. Mais qui peut m'aider à mettre ce fichu chapeau ?

– Et moi, lança Lisa, je veux bien qu'on m'aide à manier ce fer à friser !

Debout devant la glace, elle boudait : elle

avait beau faire, ses cheveux refusaient de boucler.

– Ne t'acharne pas trop sur tes anglaises, lui recommanda Mme Reg en entrant dans la salle. Une fois en selle, vous aurez l'obligation de coiffer vos bombes d'équitation. Ce n'est pas très XIXe siècle, mais la sécurité prime sur la cohérence historique !

Max entra à son tour, avec un grand tableau.

– Bonjour tout le monde ! dit-il en le déposant contre le mur. Voici enfin le moment tant attendu : l'ordre du défilé, qui a été voté par les membres du comité d'organisation. Il est écrit ici, et il est dé-fi-ni-tif !

Veronica fut la première à se ruer sur la liste. Lorsqu'elle vit que son nom ne figurait pas en première place, elle resta bouche ouverte, bras ballants, muette d'indignation. Une inconnue lui avait volé la vedette !

La porte s'ouvrit à cet instant, et Max se tourna vers la nouvelle venue.

– Je vous présente celle qui va mener le défilé tout à l'heure, annonça-t-il d'une voix solennelle. Elle s'appelle Rosemary Cross !

Sous les applaudissements, la vieille dame traversa la pièce et salua d'une révérence timide. Puis elle se dirigea droit vers Steph.

– Je suis si émue, ma petite Steph ! murmura-t-elle à son oreille. Merci infiniment d'être venue me tirer de ma solitude et de m'offrir cette joie !

– C'est moi qui suis heureuse ! répondit Steph, rayonnante. Je savais qu'en trouvant cette médaille, j'avais déniché un trésor : vous !

Elles tombèrent dans les bras l'une de l'autre, sans prêter attention aux gémissements de Veronica Angelo, qui s'était littéralement effondrée sous les regards ahuris des autres cavaliers. Seule Desi tentait de la réconforter.

– Allons, lui disait-elle, relève-toi, Veronica ! Ce sera pour une autre fois ! Tu as toute la vie pour être à la première place, non ?

– C'est injuste ! pleurnichait Veronica.

J'avais toutes les signatures ! J'étais même prête à payer pour les avoir !

En entendant ces mots, Jess et Mélanie comprirent qu'elles pouvaient dire adieu à leur salaire de rabatteuses, et qu'il valait mieux disparaître, au cas où Veronica voudrait se venger…

Dans leur fuite, elles bousculèrent Simon qui, sous le choc, perdit sa moustache.

– Oups, pardon ! s'excusèrent les deux fillettes.

– Y'a pas de mal, sourit Simon en ramassant son postiche. Je cherche ma cavalière, vous ne l'auriez pas vue ?

– Qui est-ce ? s'enquit Jess.

– Eh bien, d'après le tableau, je vais défiler en compagnie de Veronica, annonça Simon. Nous aurons l'honneur de fermer la marche !

Jess et Mélanie grimacèrent.

– Quoi ? Veronica est en fin de cortège ? s'étrangla Mélanie.

– Qu'est-ce qu'il y a ? s'étonna Simon. C'est drôlement bien d'être à la fin, non ? Comme ça, on domine l'ensemble !

– Sûrement ! pouffa Jess. Essaie de lui expliquer ton point de vue ! Nous, on doit filer !

Quelques heures plus tard, dans les rues en liesse, le cortège s'élança sous les vivats d'une foule joyeuse et bigarrée. Des drapeaux flottaient à toutes les fenêtres, les enfants jetaient des confettis, et la fanfare rythmait les pas du convoi à grand renfort de tambours et de cornemuses : c'était splendide.

À la tête du défilé, Rosemary Cross se tenait fièrement en selle sur Petit-Nuage. Steph lui avait mis autour du cou la médaille du concours gagné en 1957, et dans sa robe de pionnière à gros carreaux, la vieille dame avait une allure de jeune fille. Un sourire jusqu'aux oreilles, elle donnait la cadence au reste de la troupe : derrière elle venaient Mme Reg et Max, puis Carole, Lisa et Steph, suivies d'une charrette remplie de foin d'où Jess et Mélanie saluaient les spectateurs en riant. Celle qui ne se déridait pas, en revanche, c'était Veronica... En queue de cortège, à côté d'un Simon moustachu et ravi, elle faisait une tête d'enterrement. Et pour cause : on lui avait accroché deux petites lampes à sa selle, qui clignotaient dans la nuit tombante. L'humiliation était totale.

– J'aurais ma revanche ! bougonnait-elle. Je jure de laver l'honneur des Angelo !

Elle qui avait rêvé de la première place, voilà qu'elle se retrouvait lanterne rouge ! S'il arrivait parfois que le destin répare ses erreurs, il savait aussi se montrer bien cruel.

10

Les jours qui suivirent, Veronica fut d'une humeur de chien. Elle ne digérait pas d'avoir été mise sur la touche, et elle ne parut pas au Pin Creux le dimanche, ni le mercredi d'après. Au collège, elle évitait de croiser Steph, Lisa et Carole. Seule Desi pouvait encore espérer l'approcher sans se faire mordre.

Mme Reg finit par s'inquiéter de son absence, et le samedi matin, elle vint trouver Desi.

– Je comprends que Veronica ait été blessée, mais elle exagère un peu... Tu crois qu'elle va faire la tête jusqu'à Thanksgiving ?

– Oh non, je ne crois pas, madame Reg ! la rassura la jeune fille. Si vous voulez mon avis, elle sera là cet après-midi.

– Elle te l'a dit ?

– Non. Mais je la connais : pour rien au monde elle ne voudrait rater l'arrivée de mon cheval au Pin Creux !

Mme Reg hocha la tête.

– Tu dois avoir raison, sourit-elle. Accueillir un nouveau pensionnaire au club est toujours très émouvant. Espérons que cet évènement saura lui faire oublier le défilé !

Quelques heures plus tard, le van rutilant de M. Biggins vint se garer devant la grande porte des écuries. Le père de Desi avait été extrêmement contrarié par la mauvaise expérience de sa fille avec Midnight. Prenant sur son précieux temps d'homme d'affaires, il était allé choisir lui-même ce nouveau cheval dans l'un des haras les plus prestigieux, à l'autre bout du pays. Il souhaitait maintenant le lui offrir en personne, devant l'ensemble des élèves.

– Tout le monde est là ? demanda-t-il à Desi, la main sur le loquet du van.

À cet instant, Desi aperçut Veronica qui se faufilait discrètement parmi les autres cavaliers. Elle sourit, heureuse que son amie soit de retour.

– Oui, Papa, répondit-elle. Le Pin Creux est au grand complet !

M. Biggins ouvrit alors les portes, libérant une éblouissante jument, qui piaffait d'impatience. Sa robe était aussi blanche que celle de Midnight était noire.

– Oh ! s'écria Carole. Quelle beauté !

Jack attrapa la longe, et la mena aussitôt dans le paddock pour qu'elle puisse se dégourdir les jambes après son long voyage. Tous les élèves vinrent s'agglutiner contre la barrière. Les commentaires élogieux fusaient, au plus grand plaisir de M. Biggins.

– Cette jument est un selle français,

expliqua-t-il à Desi. Elle est vive, mais elle sait aussi se montrer docile. Elle et toi, vous allez vous entendre à merveille, j'en suis certain. Prends-en bien soin. Et maintenant, je dois filer à un rendez-vous !

Au comble de la joie, Desi embrassa son père, et ce dernier retourna vers le van. Il contempla fièrement l'animal et sa fille, puis démarra en trombe, en agitant la main par la portière. Desi lui fit signe jusqu'à ce qu'il disparaisse au bout de l'allée. Lorsqu'elle se retourna pour regarder sa jument, celle-ci galopait déjà autour du paddock, la crinière dans le vent.

– On voit tout de suite qu'elle est douce, sourit Simon. Je suis content pour toi, Desi !

– Et comment vas-tu appeler cette merveille ? voulut savoir Lisa.

– Je ne savais même pas si mon père avait choisi un cheval ou une jument, avoua Desi. Alors, je n'y ai pas vraiment réfléchi.

Assise à califourchon sur la barrière, Carole était songeuse.

– Pourquoi pas… Bleuette ? proposat-elle. J'aperçois des reflets bleutés sur son chanfrein !

– Oui, enchaîna Steph. Ou bien... Rayon de Soleil !

– Ça, c'est joli ! s'enthousiasma Lisa.

– C'est surtout ridicule ! trancha soudain Veronica en s'approchant du groupe. Ta jument doit porter un nom aussi noble qu'original, Desi. J'ai réfléchi : ce sera Adagio.

Steph, Lisa, Carole et Simon grimacèrent, mais aucun d'eux n'osa contredire ouvertement Veronica, afin de ménager sa susceptibilité.

– Adagio ? répéta Desi en contemplant la jument. Je ne sais pas...

– Ce nom lui va comme un gant, affirma Veronica. Il exprime la beauté et l'harmonie. De plus, c'est un terme italien, et je suis d'origine italienne.

– Très bien, intervint Lisa, mais ce n'est pas ton cheval. C'est celui de Desi. Alors, c'est à elle de décider.

– Desi est mon amie, répliqua Veronica

sur un ton sans appel. Donc, elle va m'écouter et appeler sa jument Adagio.

– Pourquoi pas Caramel ? suggéra soudain Simon. Je la trouve fondante, moi !

Desi fit un clin d'œil à Simon ; elle aussi, elle aimait bien ce nom.

– Pff ! fit Veronica. Roudoudou, pendant que tu y es ! Quelle gaminerie !

Desi poussa un soupir agacé. Décidément, Veronica avait l'art de gâcher les moments de plaisir ! Pour clore la dispute, elle enjamba la barrière et sauta dans le paddock en disant :

– Voyons ce qu'en pense la première intéressée !

Elle s'avança d'un pas, mis ses mains en porte-voix, et cria :

– Adagio !

Au fond du paddock, la jument broutait un chardon. Indifférente, elle ne bougea même pas une oreille.

– Caramel ! appela encore Desi.

Cette fois-ci, la jument se retourna. D'un pas alerte, elle s'approcha de sa nouvelle maîtresse et baissa la tête pour recevoir une caresse.

– Salut, toi ! lui murmura Desi en passant sa main sur ses naseaux. J'ai l'impression que tu sais ce que tu veux !

– Tu aimes bien ce nom, n'est-ce pas ? rigola Steph.

Comme pour répondre, la jument se mit à hennir.

– Je crois qu'elle a choisi : ce sera Caramel ! s'exclama gaiement Desi.

En entendant le verdict, Veronica haussa les épaules, tourna les talons, et sans un mot, elle s'éloigna.

– Oh, oh ! fit Simon. Caramel commence mal, elle a vexé notre Veronica…

– Bah ! Elle s'en remettra ! décréta Desi.

Assise sur la barrière, Steph, Carole et Lisa échangèrent un regard dubitatif. Elles connaissaient le mauvais caractère de Veronica par cœur. Contrairement à la jument de Desi, elle n'était pas tendre comme du caramel…

11

Ce midi-là, alors que les filles achevaient de déjeuner sous l'auvent du club-house, Mme Reg apporta un paquet. Il venait tout juste d'être livré par la poste, et il était adressé à Carole.

– C'est un cadeau de mon père! s'exclama la jeune fille, très émue.

Depuis de longues semaines qu'elle vivait au Pin Creux sous la responsabilité des Regnery, Carole ne manifestait que rarement son chagrin ou son inquiétude de savoir son père si loin. Pourtant, si les journées passaient à toute allure, Mme Reg devinait que, certains soirs, la séparation pesait sur les épaules de sa petite protégée.

– Je suis heureuse pour toi, Carole ! lui dit-elle. Si ton père a pris le temps de t'envoyer un cadeau, c'est que tout va bien.

Carole sourit et se dépêcha d'ouvrir le paquet, sous les regards curieux de ses amies. Cela ressemblait à une couverture, brodée de motifs géométriques.

– Ça alors, qu'est-ce que c'est ? fit Lisa. Un tapis volant ?

– Mais non, andouille ! rigola Carole. C'est un tapis de selle !

Elle le déplia. Il était d'un rouge carmin splendide, tissé d'arabesques bleues et vertes.

– D'où ça vient ? s'enquit Steph.

– D'Afghanistan, répondit Carole. Mon père est en mission là-bas.

Elle serra le tapis contre elle, essayant d'imaginer son père au moment où il l'avait acheté pour elle, à des milliers de kilomètres du Pin Creux.

– J'ai hâte de l'essayer sur Starlight ! dit-elle pour atténuer son émotion. On va seller nos chevaux ?

– Allez-y, les encouragea Mme Reg. Mais n'oubliez pas que je vous attends au manège dans une heure pour la séance de dressage, hein ?

– Nous y serons ! répondirent les trois filles en chœur.

Et elles s'envolèrent comme une nuée de moineaux.

Lorsqu'elles entrèrent dans les écuries, elles tombèrent nez à nez avec Veronica. Celle-ci tressaillit, prit un air contrarié, et cacha aussitôt quelque chose derrière son dos.

– Qu'est-ce que tu mijotes ? lui lança Lisa. On dirait qu'on te dérange.

– Moi ? Pas du tout ! rétorqua la grande blonde. Je... Je m'occupais de Garnet, c'est tout.

Pour détourner l'attention, elle fixa le tapis que Carole portait.

– Qu'est-ce que c'est que cette horreur? demanda-t-elle. Un paillasson?

Carole serra les dents de rage.

– C'est un cadeau de mon père, pauvre ignorante! Ça vient d'Afghanistan, et ça coûte une fortune, figure-toi!

– Laisse, Carole, la calma aussitôt Steph. Tu sais bien que Veronica n'a aucune notion de ce qui est beau!

Carole voulut ajouter quelque chose, mais elle en fut empêchée par un éternuement phénoménal, qui fit pratiquement sursauter tous les chevaux dans les stalles.

– Je sais très bien reconnaître ce qui est beau, persifla Veronica. Cet éternuement était magnifique! Bravo!

Pour éviter que la conversation ne s'envenime, Steph entraîna Carole vers le box de Starlight, et Veronica en profita pour s'éclipser, sans demander son reste.

– Décidément, entre le défilé et le choix du nom de Caramel, elle ne décolère pas, constata Lisa avec lassitude. Il vaut mieux l'ignorer.

– Tu as raison, admit Carole. Occupons-nous de nos oignons !

Elle ouvrit le vantail du box et alla trouver refuge auprès de son cheval.

– Regarde ! lui dit-elle. Tu vas être splendide avec ce… ce ta…

Carole acheva sa phrase dans un nouvel éternuement.

– Encore ? s'étonna Lisa en riant.

Carole sortit un mouchoir de sa poche.

– Désolée, je crois que je deviens carrément allergique à Veronica ! pouffa-t-elle.

12

Une heure plus tard, tous les élèves étaient réunis autour du manège. Mme Reg se tenait debout au centre, tandis que Desi tournait fièrement sur la piste, montée sur sa jument blanche.

– Comme vous le savez, commença la directrice, M. Biggins vient d'offrir un nouveau cheval à Desi. C'est une très belle jument, réputée calme et bien dressée. Mais nous ne la connaissons pas. Je profite donc de cette occasion pour revoir avec vous quelques notions.

Mme Reg demanda à Desi de ralentir la cadence, et de se placer face à ses camarades, ce que fit aussitôt la jeune cavalière.

– Alors ? demanda Mme Reg à l'assemblée. Comment allons-nous faire la connaissance de… Au fait, comment l'as-tu appelée, Desi ?

– Caramel, répondit la jeune fille avec un grand sourire.

– Pff…, soupira Veronica en levant les yeux au ciel.

– Comment allons-nous faire la connaissance de Caramel ? reprit Mme Reg.

Carole fut la plus rapide :

– Il faut d'abord vérifier si elle est obéissante !

– Exact, Carole.

– Il faut détecter ses éventuelles mauvaises habitudes, précisa Steph. D'un propriétaire à l'autre, les exigences ne sont jamais les mêmes.

– Très juste, Steph, confirma Mme Reg. Quoi d'autre ?

– Apprendre à descendre en catastrophe ? proposa Veronica.

Mme Reg fronça le nez.

– C'est une vision un peu pessimiste de la situation, fit-elle remarquer, mais Veronica n'a pas tort. Donc, nous allons répéter la descente d'urgence !

La directrice se tourna vers Desi, et lui demanda de décrire la procédure. Pour la jeune fille, qui avait malheureusement eu à en faire l'expérience avec Midnight, cela n'avait rien de sorcier. Elle énuméra les gestes avec précision : sortir les pieds des étriers, lâcher les rênes, se pencher en avant, attraper l'encolure, et se laisser glisser.

– Et dès qu'on est à terre, on s'écarte le plus vite possible ! précisa Veronica.

– Ensuite, on n'a plus qu'à cavaler derrière son cheval pour le rattraper ! renchérit Steph.

Tout le monde éclata de rire, sauf Carole qui éternua encore une fois, si violemment qu'elle faillit tomber de la barrière où elle était assise. Comme en réaction à ce bruit intempestif, Caramel plia soudain ses pattes antérieures. Desi ouvrit la bouche, stupéfaite, et elle poussa un cri.

– Attention ! s'écria Simon. On dirait que ta jument veut se rouler !

– Descente d'urgence, Desi ! ordonna Mme Reg.

La jeune cavalière fit aussitôt la preuve qu'elle avait de bons réflexes. Elle se dégagea des étriers, et parvint à éviter la chute. Elle rampa un peu plus loin, tandis que sa jument se mettait sur le flanc pour s'affaler dans le sable.

– Pas de chance ! s'exclama Phil. Tu es tombée sur un cheval qui aime les roulades !

Mme Reg vint aider Desi à se relever. Malgré la bombe, elle avait du sable plein les cheveux.

– Oh non ! Ne me dites pas que ça va recommencer ! se lamenta-t-elle. Mon père m'a pourtant garanti que Caramel serait la plus docile des juments !

– Allons, Desi, pas de panique, la rassura Mme Reg. Ce n'est pas parce qu'elle se roule une fois qu'elle va en prendre l'habitude. Je crois qu'elle a eu peur de l'éternuement de Carole, c'est tout.

Juchée sur la barrière, Veronica observait la scène avec détachement. Elle lança :

– Peut-être que ta jument est contrariée par autre chose ? suggéra-t-elle.

– Qu'est-ce que tu insinues, Veronica ? demanda Mme Reg.

– Oh rien..., rien du tout, fit la grande blonde.

Steph se pencha vers Lisa :

– C'est bizarre que Carole éternue comme ça, non ? chuchota-t-elle. Regarde ses yeux !

Lisa observa son amie à la dérobée.

– Rouges comme des yeux de lapin albinos, constata-t-elle. Je ne suis pas médecin, mais on dirait qu'elle est malade...

Le diagnostic de Lisa se confirma. Pendant la reprise, puis au moment du pansage, Carole ne cessa de renifler, d'éternuer, et de se frotter les yeux. Le soir venu, assommée de fatigue, elle entreprit de ranger ses affaires dans la sellerie. Mais elle toussait tellement que Steph et Lisa l'obligèrent à s'asseoir.

– Tu ferais mieux d'aller te coucher, Carole, lui conseilla Lisa sur un ton maternel. Regarde-toi ! Tu tiens à peine sur tes jambes !

– Ça va, murmura Carole. Je n'ai pas de fièvre.

– Mais tu as une mine horrible, insista Lisa.

– Carole, tu as attrapé quelque chose, reprit Steph. Laisse-nous ranger tout ça, et va te reposer.

Carole détestait être malade. Son père lui avait appris à ne jamais se plaindre et à serrer les dents. « Une Hanson doit rester debout, quoi qu'il arrive ! » lui répétait-il depuis toujours. Elle voulut donc protester, mais elle fut prise d'une nouvelle quinte de toux, et de guerre lasse, elle accepta de suivre les recommandations de ses amies. Elle tendit le licol de Starlight à Steph, et traversa les écuries comme une âme en peine.

– Courage ! lui lancèrent ses amies. Demain, tu seras sur pied !

13

Le lendemain matin, en effet, Carole se sentait mieux. Elle avait bien dormi, et lorsqu'elle observa son reflet dans le miroir, elle constata que ses paupières n'étaient plus rouges, ni gonflées. « Juste un petit coup de froid ! » se dit-elle en se rendant gaiement au club-house pour prendre son petit déjeuner.

Là, elle trouva Desi, Simon et Veronica en grande conversation. Tous trois s'interrogeaient à propos des roulades de Caramel.

Simon tentait de rassurer Desi, tandis que Veronica mettait de l'huile sur le feu.

– Imagine que ça lui arrive au milieu d'une compétition ! La honte ! dit cette dernière.

– Tu as raison, fit Desi, catastrophée. Je n'avais pas pensé à ça !

– Il doit pourtant exister un remède, intervint Simon. Je chercherai sur internet, si tu veux.

– Pas la peine, trancha Veronica. J'ai la solution pour Adagio !

– Caramel, tu veux dire ! rectifia Desi.

– Si tu insistes… soupira Veronica. N'empêche, je connais une méthode de dressage pour les chevaux difficiles.

– C'est vrai ? demanda Desi. Tu m'apprendras ?

À cet instant, Jack entra, chargé de deux seaux remplis de barbotage.

– C'est l'heure du petit-déjeuner pour les chevaux ! lança-t-il. Qui vient m'aider ?

– Moi ! répondit aussitôt Simon en se levant d'un bond.

Avant de sortir, il profita de la présence du soigneur pour lui demander s'il savait comment éviter les roulades. Jack lui expliqua que le problème était souvent lié à des démangeaisons provoquées par des parasites.

– Dans la plupart des cas, il suffit de nettoyer les bêtes avec un shampooing spécial, et tout rentre dans l'ordre !

– On pourra vous en emprunter ? s'enquit Simon.

– C'est inutile ! rouspéta Veronica. J'ai ma méthode !

– On pourrait d'abord essayer le shampooing, suggéra Desi. Si ça ne marche pas...

– Ça ne marchera pas !

Mais Desi s'était déjà levée pour suivre Simon et Jack, bien décidée à tout faire pour corriger le travers de Caramel. Une fois seule, Veronica se tourna vers Carole.

– Pourquoi personne ne m'écoute jamais ? dit-elle, au comble de l'agacement. Je n'ai pourtant pas l'habitude de raconter des idioties !

– Ça, c'est toi qui le dis ! rigola Carole en avalant une cuillerée de céréales.

Vexée, Veronica préféra quitter le club-house pour rejoindre Desi et Simon. Elle les trouva déjà à l'œuvre, en train de savonner la robe blanche de la jument. Bras croisés, elle attendit qu'ils aient terminé de la rincer, puis elle alla chercher Garnet dans son box.

Lorsqu'elle revint, Simon passait la brosse douce sur les flancs de Caramel. Elle était plus propre qu'un sou neuf !

– J'espère que ça va marcher ! soupira Desi.

– Il n'y a qu'un moyen de le savoir, annonça alors Veronica. Allez, viens ! On l'emmène faire une balade dans les bois !

– Bonne idée ! sourit Desi. Tu nous accompagnes, Simon ?

Le jeune garçon hocha la tête, ravi. Depuis quelque temps, beaucoup plus à l'aise sur Midnight, il prenait un immense plaisir à ces promenades en liberté.

– Et je crois que Caramel a besoin de côtoyer d'autres chevaux, ajouta-t-il.

Quelque chose me dit que cela fait partie de son problème.

Veronica ne put retenir un ricanement méprisant.

– C'est vrai que tu es un éminent spécialiste de l'équitation, maintenant ! ironisa-t-elle. Tu fréquentes le club depuis quand, déjà ?

Simon baissa la tête, penaud. Veronica se montrait tellement sûre d'elle, tellement intraitable ! Heureusement, Desi posa une main amicale sur son épaule, et l'encouragea du regard.

– Allez, en selle ! lui dit-elle.

14

Carole entra dans l'écurie au moment où Lisa et Steph arrivaient. Inquiètes, ses deux amies l'examinèrent sous toutes les coutures, lui posant mille questions sur son nez, sa gorge, ses yeux, et son sommeil.

– Je vais bien ! leur assura Carole. C'était juste un rhume passager ! Bon, si on allait préparer nos chevaux pour une grande balade ?

– Blue Lake ? proposa Steph.

– Pourquoi pas ? fit Lisa.

Mais à peine Carole eut-elle franchi la porte du box de Starlight, qu'un premier éternuement retentit. Steph et Lisa se précipitèrent, et la trouvèrent en train de se moucher.

– Oh non..., gémit Carole en se frottant les yeux. J'étais guérie, et voilà que ça recommence !

Elle déglutit avec difficulté, et éternua encore et encore. En rafale.

– Et si c'était une allergie ? supposa Steph.

– Une allergie ? Mais à quoi ? demanda Carole.

Lisa fixa son regard sur les bottes de foin entreposées près des stalles.

– À ça, peut-être ?

Carole alla plonger son nez dans le foin, attendit un instant, et secoua la tête. Elle balaya le box des yeux, et réitéra l'expérience avec les seaux de granules, de barbotage... Elle essaya même de respirer le cuir des selles et la cire qui servait à leur entretien, mais chaque fois elle secoua la tête.

– Attends, dit Lisa. Il a suffi que tu t'approches de Starlight pour... Non, je ne peux pas imaginer une chose aussi horrible !

– Quoi ? s'inquiéta Steph.

– Eh bien... Carole est peut-être allergique... aux chevaux ?

En entendant cette hypothèse absurde, Carole se raidit. Son menton se mit à trembler, et, partagée entre la colère et une terrible envie de pleurer, elle explosa :

– Je t'interdis de répéter ce que tu viens de dire, Lisa ! C'est complètement impossible, tu m'entends ? Tes idées idiotes, tu peux te les garder !

Furieuse, Carole attrapa son tapis de selle, le filet de son cheval, et referma le vantail derrière elle.

– Maintenant, fichez-moi la paix ! cria-t-elle.

Steph et Lisa battirent en retraite, et allèrent se réfugier près de Belle et Prancer. Elles s'employèrent à curer leurs sabots, à nettoyer leurs litières. Puis elles les brossèrent en silence, rentrant la tête dans les épaules chaque fois qu'elles entendaient Carole éternuer et se moucher. Au bout d'un temps qui leur parut interminable, elles l'entendirent sangloter.

– Qu'est-ce qu'on fait ? demanda doucement Steph à Lisa.

– On va la voir, affirma celle-ci. Et tant pis si elle nous envoie sur les roses !

Dans la stalle, elles trouvèrent Carole effondrée contre l'encolure de son cheval. Entre deux hoquets, elle tourna vers ses amies un visage gonflé, et ravagé par les larmes.

– Regardez-moi, les filles ! s'écria-t-elle. Vous aviez raison : je suis allergique aux chevaux ! C'est pas juste !

– On va t'aider, Carole ! promit Lisa.

– Oui, il doit y avoir un traitement ! la rassura Steph.

Carole embrassa les naseaux de Starlight.

– Jamais je ne renoncerai à l'équitation, déclara-t-elle. Ce serait trop dur !

– Il n'en est pas question, réagit Lisa. Mais en attendant, qu'est-ce que tu comptes faire ?

Carole ouvrit les bras en signe d'impuissance. Mais soudain, son visage se figea.

– Jurez-moi que vous ne parlerez à personne de mon allergie ! Si Mme Reg l'apprend, elle va m'interdire de monter !

– C'est juré ! répondit aussitôt Steph.

– Pourquoi ? s'étonna Lisa. Mme Reg n'est pas contre toi. Elle voudra t'aider !

– Tu parles ! s'emporta Carole. On ira voir des médecins, on fera des tests, on me prescrira des cachets, mais au bout du compte, il n'y aura qu'un seul remède : rester loin des chevaux !

Carole toisa Lisa du regard, et pour la seconde fois, lui demanda de jurer silence.

– D'accord, commença Lisa. Mais je...

Steph lui écrasa le pied avec sa botte.

– D'accord, je te le promets..., se reprit-elle en baissant les yeux.

Sur ces mots, Carole se détendit un peu. Abandonnant à regret l'idée de faire une balade, elle alla ranger sa selle. Elle avait besoin de se reposer, et de réfléchir. Au calme.

15

Desi, Veronica et Simon avaient d'abord jugé prudent de ne pas s'éloigner du Pin Creux. Puis, comme la balade se passait bien, Desi reprit confiance, et proposa de s'aventurer plus profondément dans les bois.

– Je crois que Caramel n'a plus envie de se rouler ! s'exclama-t-elle. Je suis trop contente !

Elle talonna la jument, et partit au galop, entraînant Simon et Veronica à sa suite.

Cette cavalcade les mena jusqu'à une clairière baignée de soleil. Essoufflée mais rayonnante, Desi stoppa sa monture au milieu des jonquilles, et se tourna vers Simon.

– L'idée du shampooing était la bonne, Simon ! Tu as bien fait d'en parler à Jack ! Grâce à toi, Caramel va beaucoup mieux !

Simon rougit de plaisir, et inclina la tête, secrètement ravi de voler la vedette à Veronica. Mais celle-ci haussa les épaules et lâcha :

– Vous criez victoire un peu vite à mon avis.

À peine eut-elle prononcé cette phrase, que Desi sentit sa jument s'affaisser sous elle.

– Redresse-lui la tête ! recommanda Simon.

Trop tard ! Caramel plia ses pattes antérieures, et se déporta vers la gauche.

– Descente d'urgence, Desi ! s'écria Veronica, avec un sourire en coin.

La cavalière ôta ses pieds des étriers *in*

extremis, et fut projetée au sol, le nez dans les jonquilles, tandis que sa jument faisait une roulade. Simon sauta à terre pour secourir Desi. Il l'aida à se relever. Elle était couverte de boue et de pollen, mais par chance, elle n'était pas blessée.

– Caramel est vraiment dangereuse…, gémit-elle. Je n'ai pas de chance avec les chevaux !

– Je vous avais bien dit que le shampooing ne suffirait pas ! claironna Veronica. Seulement, personne ne veut m'écouter !

Simon se tourna vers elle, en colère. Elle n'avait même pas daigné descendre de Garnet pour aider son amie, et en plus, elle se permettait de lui donner des leçons ! Quelle arrogance !

– Qu'est-ce que tu proposes, Veronica ? lui demanda-t-il entre ses dents serrées.

– Rentrons au Pin Creux, répondit la jeune fille. Si Desi veut bien me faire confiance, le problème d'Adagio… pardon, de Caramel… sera réglé en un clin d'œil !

Desi s'essuya le visage dans la manche

de son pull, et attrapa la bride de son cheval. Après cette deuxième roulade, elle appréhendait un peu de se remettre en selle, mais elle n'avait pas le choix. Elle mit un pied dans l'étrier en murmurant :

– Pas de blague, hein ?

– Tu peux y aller, la rassura Veronica. Elle se tiendra tranquille jusqu'aux écuries.

– Comment tu le sais ? fit Simon en fronçant les sourcils. Tu vois bien que Caramel n'est pas fiable !

– Mon instinct me dit qu'Ada... que Caramel est un bon cheval, répliqua la grande blonde. Il faut lui laisser sa chance, c'est tout ! Et surtout : arrêter d'écouter les conseils des amateurs !

Simon grimaça, blessé. Pourquoi fallait-il que Veronica le rabaisse en permanence ?

Ils firent le chemin du retour au pas, et tout le long, Simon garda le silence. Il trouvait l'attitude de Veronica suspecte, et se demandait si elle n'était pas en train de mijoter un de ces mauvais coups dont elle était coutumière. Mais comment en avoir le cœur net ?

En arrivant près du paddock, il aperçut Jess et Mélanie accroupies près de l'enclos de leur ânon, et il eut soudain une idée.

– Rentrez aux écuries sans moi, lança-t-il à Veronica et Desi. Midnight a besoin de faire encore un peu d'exercice, je vous rejoindrai plus tard…

Il bifurqua, et fit mine d'aller vers le manège. Lorsque Caramel et Garnet s'engouffrèrent dans les écuries, il s'approcha de l'enclos de Problème, et descendit de cheval.

– Salut ! lança-t-il à Jess et Mélanie. Je peux vous demander un service ?

– Faut voir, répondit Jess en tendant une carotte à l'ânon.

– Dis toujours…, ajouta Mélanie.

– Eh bien, je crois que Veronica est en train de comploter quelque chose, commença le garçon.

– C'est sûr ! s'esclaffa Jess. Veronica passe son temps à comploter !

– Alors, je me demandais si vous pourriez la surveiller discrètement, expliqua Simon. Elle ne se méfiera pas de vous.

Mélanie et Jess échangèrent un regard entendu. Elles adoraient rendre service, mais…

– Combien tu nous payes pour ça ? demanda Mélanie avec un sourire angélique.

– Vous payer ? s'étrangla Simon. Mais…

– Tout travail mérite salaire ! énonça Jess avec sérieux. Et nous, nous avons un âne affamé à nourrir.

– Trois dollars, et tope là ! acheva Mélanie.

Simon écarta les bras en poussant un soupir. Ces deux-là étaient dures en affaires, mais il ne voyait pas d'autre solution. Alors… tant pis pour son argent de poche !

– D'accord, murmura-t-il. Vous aurez votre salaire.

16

Mme Reg avait réuni les cavaliers qui ne souhaitaient pas partir en balade pour leur proposer une séance de saut d'obstacles dans la carrière. En voyant Steph et Lisa se joindre au groupe, elle s'étonna. D'une part, les filles profitaient toujours du dimanche pour prendre la clé des champs avec leurs chevaux, et d'autre part, Carole n'était pas là.

– Que se passe-t-il ? Vous êtes malades ? plaisanta-t-elle.

Lisa eut envie de répondre « oui ! », mais Steph la fusilla du regard, et elle resta muette.

– Tout le monde est prêt ? demanda Mme Reg. Alors, en piste !

Les deux filles allèrent se ranger parmi les autres cavaliers, et observèrent le parcours que Jack venait d'installer. Deux palanques, des croisillons, un oxer, et une série de cônes disposés en quinconce pour le slalom : l'enchaînement nécessitait une certaine agilité.

Murray s'élança le premier, puis ce fut le tour de Tom. Au moment où Steph allait talonner Belle, elle aperçut Carole qui entrait dans le manège avec Starlight.

– Mince, alors ! chuchota-t-elle à Lisa. Tu crois qu'elle est en état pour ce genre d'exercice ?

– Sûrement pas ! Mais Carole est la pire tête de mule que je connaisse..., répondit Lisa, inquiète.

Ne se doutant de rien, Mme Reg salua la jeune fille et lui ordonna de se préparer. Lorsque son tour arriva, Carole avait les yeux tellement irrités que des larmes roulaient sur ses joues. Pourtant, elle ne renonça pas.

– Allez ! lança-t-elle à Starlight en abordant le premier obstacle.

Sous le regard anxieux de ses amies, elle le franchit, ainsi que le second. Mais quand elle aborda le croisillon, aveuglée par son rhume, elle ne parvint pas évaluer la distance. Elle fit un écart, perdit l'équilibre, et dans un cri, elle chuta lourdement sur le sol.

– Carole ! cria Mme Reg, catastrophée.

La directrice n'eut pas même le temps de voler à son aide, que déjà, la cavalière s'était relevée.

– Tout va bien, madame Reg ! Une Hanson se relève toujours, quoi qu'il arrive ! Laissez-moi recommencer !

Lisa secoua la tête. Elle avait du mal à contenir sa colère, mais elle se sentait piégée par sa promesse. Quant à Steph, elle osait à peine regarder la piste, de crainte de voir Carole tomber encore.

– Dès que la séance sera finie, je te jure que Carole va m'entendre ! grogna Lisa à son oreille. On ne peut pas la laisser se mettre en danger comme ça !

Une demi-heure plus tard, les trois filles se retrouvèrent dans la sellerie. Sale, épuisée, les traits bouffis, Carole faisait peine à voir, mais Lisa avait décidé de ne plus la ménager.

– Tu as vu ce qui s'est passé ? commença-t-elle. Tu dois regarder la vérité en face : monter est devenu dangereux pour toi. Tu fais n'importe quoi, ma vieille !

– C'est toi qui dis n'importe quoi, répondit Carole entre deux éternuements. Les combinaisons étaient difficiles. Est-ce que je dois te rappeler que même les meilleurs cavaliers peuvent tomber ?

– Tu dois parler de ton allergie à Mme Reg et voir un médecin, s'entêta Lisa.

– Tu te prends pour ma mère ou quoi ? s'énerva Carole. Je suis assez grande pour savoir ce que je dois faire. Et pour la dernière fois, c'est non ! Salut !

Excédée, Carole flanqua un coup de pied dans sa selle, jeta son tapis contre le mur, et quitta la pièce en claquant la porte bien fort derrière elle.

– Attends ! lui cria Lisa.

Steph saisit le bras de son amie pour l'empêcher de rattraper Carole.

– Laisse-la, elle a besoin d'être seule.

– Non ! Elle a besoin d'aide ! Tant pis pour ma promesse, je vais en parler à…

Lisa s'interrompit brutalement lorsque Mme Reg fit irruption dans la pièce.

– Que se passe-t-il, les filles ? demanda-t-elle en remettant sa chambrière à sa place.

– Rien ! s'écria Steph.

Mme Reg posa ses mains sur les hanches, et observa les deux cavalières avec attention. Dans un silence pesant, elle attendit que la première parle.

– Madame Reg, se décida Steph, si on fait une promesse à une amie, il faut la tenir, non ?

– Sauf quand il y a un problème de sécurité ! intervint Lisa aussi sec.

– Et qu'est-ce que tu fais de l'amitié, hein ? Tu peux faire très mal à quelqu'un en dévoilant un secret !

– Tu te trompes ! Parfois, c'est garder le secret qui fait du mal !

Comme le ton s'envenimait, Mme Reg s'interposa et les calma.

– Le secret et la sécurité n'ont pas l'air d'aller ensemble, souligna-t-elle d'une voix grave. Alors, vous allez me dire ce qui se passe immédiatement.

Lisa baissa les yeux. Carole allait lui en vouloir à mort, mais elle n'avait plus vraiment le choix…

17

Motivées par leur nouvelle mission, Jess et Mélanie avaient laissé Problème dans son enclos. Cachées derrière une haie, elles guettaient Veronica. Quand elles la virent s'approcher des écuries, elles s'aplatirent au sol, et comptèrent jusqu'à dix.

– La filature commence ! annonça Jess en se relevant pour sortir de la cachette.

À pas de loup, les deux espionnes se faufilèrent jusqu'aux écuries. Elles jetèrent un coup d'œil à l'intérieur et surprirent Veronica qui rôdait près de la stalle de Caramel.

– Qu'est-ce qu'elle fiche? chuchota Mélanie à l'oreille de Jess.

Jess haussa les épaules, et désigna la mezzanine. On pouvait y accéder par l'autre porte, et d'en haut, la vue était imprenable sur l'ensemble des écuries. Mélanie lui fit signe que c'était une bonne idée, et les deux fillettes se glissèrent vers l'escalier. Plus légères que des ombres, elles grimpèrent jusqu'à leur perchoir et s'allongèrent dans le foin. Par un trou du plancher, elles purent observer chaque geste de Veronica… Or, ce qu'elles découvrirent confirma les soupçons de Simon.

Elles attendirent patiemment que Veronica achève son forfait, puis elles dégringolèrent au pied de l'escalier.

– Si tu veux mon avis, la révélation vaut le double du prix! s'esclaffa Mélanie.

– Ou même le triple! renchérit Jess.

– Une vraie aubaine! pouffa encore Mélanie.

Puis, satisfaites, elles coururent chercher le jeune garçon.

– Alors ? demanda Simon. Vous avez découvert quelque chose ?

– Ça oui ! répondirent en chœur les deux petites.

– Dites-moi tout !

– On te le dira si tu payes… trois fois ! annonça Jess.

– Tu ne le regretteras pas, lui assura Mélanie.

Simon resta bouche bée devant la roublardise des petites. Neuf dollars pour obtenir l'information : il avait l'impression de se faire rouler dans la farine ! Mais il brûlait de savoir ce que tramait miss Angelo. Il céda donc, une fois encore.

– Cash ! négocia Mélanie en tendant la main.

Simon fouilla ses poches, et leur montra toute sa richesse : cinq dollars et cinquante cents avec lesquels il avait prévu de s'offrir une glace au Jb's…

– Ça ira pour commencer, transigea Jess en raflant les pièces.

Ensuite, elle lui demanda d'ouvrir ses oreilles bien grandes, et elle raconta ce qu'elles avaient découvert dans les écuries : Veronica était entrée dans la stalle de Caramel, avait décroché son tapis de selle, et l'avait déplié sous leurs yeux.

– Et tu sais ce qu'elle avait glissé dans les revers du tissu ? lui demanda Mélanie.

Simon secoua la tête.

– Des épingles ! répondit Mélanie.

– Des épingles ? grimaça Simon. Mais... c'est cruel ! Pauvre Caramel !

– Et ensuite, reprit Jess, Veronica les a toutes enlevées, avant de replacer le tapis sur son crochet.

Simon en devint rouge de rage.

– Voilà pourquoi Caramel se roulait ! s'exclama-t-il. Et voilà pourquoi Veronica semblait tellement certaine de connaître le remède miracle ! C'est ignoble de faire ça !

Il s'énerva un bon moment, puis se figea soudain, le sourire aux lèvres.

– Je crois que Veronica mérite une bonne leçon, non ? demanda-t-il aux deux petites.

– Veronica mérite toujours de bonnes leçons ! soupirèrent-elles.

– Eh bien, j'ai une idée ! chantonna le garçon.

Il s'éloigna, les mains dans les poches, en sifflotant. Il n'avait plus qu'à retourner voir Desi, et à lui expliquer son plan.

– N'oublie pas de nous apporter le reste de notre paiement ! lui cria Jess.

Il fit un geste de la main en guise de promesse. Quitte à y laisser sa chemise, il allait au moins s'amuser un peu…

18

Sitôt au courant du problème de Carole, Mme Reg avait convoqué sa protégée dans son bureau. L'explication dura quelques minutes, et quand la jeune fille sortit, elle était au comble de la fureur. Elle fondit droit sur Lisa, qui l'attendait dehors avec Steph.

– Tu sais ce que tu as fait? hurla-t-elle. Tu m'as trahie! Résultat, Mme Reg m'emmène chez le docteur! Tu es contente de toi?

Lisa fixait le bout de ses bottes, pétrifiée par la colère de son amie.

– Je ne suis pas contente, Carole..., murmura-t-elle. Mais si tu continues de monter dans ton état, tu vas te faire mal.

– Ce qui me fait mal, c'est que tu n'aies pas respecté ta promesse ! Si le médecin m'interdit d'approcher les chevaux, ma vie sera bousillée et ce sera ta faute !

Les yeux de Carole lançaient des éclairs, mais Lisa releva quand même la tête et soutint son regard.

– Il y a toujours des solutions, commença-t-elle. Je suis certaine que...

– Tais-toi ! la coupa Carole. Je ne t'adresserai plus jamais la parole, tu m'entends !

Glacée par ces mots, Steph intervint et voulut plaider la cause de Lisa. Carole se tourna vers elle, hargneuse.

– Il faut que tu choisisses ton camp, Steph. C'est elle ou moi, maintenant !

– Mais non ! se rebiffa Steph. C'est ridicule...

– Peut-être, mais c'est comme ça ! À toi de décider !

Sans attendre de réponse, Carole tourna

les talons, et, ravalant ses larmes, elle partit en courant. Steph secoua la tête, effondrée. Comment de simples éternuements pouvaient-ils avoir raison de leur amitié et des valeurs du Club du Grand Galop ? C'était inimaginable ! Et pourtant...

– Attends-moi, Carole ! s'écria-t-elle.

Elle fit quelques pas dans sa direction, avant de se retourner vers Lisa, qui n'avait pas bougé d'un pouce.

– Carole a besoin de moi, se justifia-t-elle. Si je la laisse tomber, elle n'aura plus personne... Il faut que j'aille avec elle chez le médecin.

La gorge serrée, Lisa n'essaya pas de la retenir. Elle payait cher sa décision, mais elle restait persuadée d'avoir agi selon son devoir. Réprimant un sanglot, elle croisa les doigts en espérant que tout s'arrange.

Elle frissonna lorsqu'elle entendit démarrer la voiture de Mme Reg. Le temps que durerait la visite chez le médecin, tout restait encore possible. Elle n'avait plus qu'à se réfugier auprès de Prancer. Les chevaux, eux, au moins, ne rompaient jamais une amitié.

19

Simon avait fini par trouver Desi. Accoudée à la barrière du paddock, songeuse, elle observait Caramel qui broutait dans un coin de l'enclos. Des traces de boue séchaient sur son pull, et elle semblait fatiguée.

– Tu te rends compte, dit-elle à Simon, si mon père apprend que Caramel est indomptable, il va piquer une de ces colères ! Ma dernière chance, c'est de faire confiance à

Veronica. Elle m'a juré qu'elle connaissait un remède imparable.

– Ah oui ? fit Simon. Et qu'est-ce que c'est ?

– Elle n'a pas voulu me dire son secret. Mais elle m'emmène en balade tout à l'heure, et si ça marche, je lui ai promis de changer le nom de Caramel. Après tout, Adagio, c'est joli aussi...

Simon pouffa dans sa main. Pour arriver à ses fins, Veronica était vraiment capable des pires bassesses ! Il posa une main sur l'épaule de Desi, et se pencha à son oreille.

– Combien tu paries que c'est Garnet qui va faire des roulades pendant la balade ?

Desi fronça les sourcils, interloquée. Simon lui raconta alors le stratagème de Veronica, et lui confia le tour qu'il voulait lui jouer. Desi l'écouta, stupéfaite, partagée entre la colère et une franche envie de rire. Ensuite, elle regarda sa jument, et poussa un soupir de soulagement.

– D'accord, dit-elle à Simon. Veronica

mérite bien qu'on lui rende la monnaie de sa pièce ! Je suis avec toi !

Complices, ils détalèrent vers les écuries.

Quand Veronica proposa à Desi de partir, ils étaient déjà en selle.

– Je viens, déclara Simon. Je veux être là pour témoigner de ta victoire, Veronica !

Flattée, celle-ci accepta, et ils partirent au trot vers le bois de hêtres, puis au galop en direction de Blue Lake, et de nouveau au trot sur le chemin du retour. Lorsqu'ils arrivèrent dans les champs au sommet de la colline, Desi ralentit l'allure et s'arrêta près d'un abreuvoir à vaches où les chevaux se désaltérèrent.

– C'est formidable ! dit-elle, enthousiaste. Caramel n'a pas baissé la tête une seule fois ! Elle est devenue douce comme un agneau !

– Je te l'avais prédit, fanfaronna Veronica. Désormais, tu sauras que j'ai toujours raison ! Adagio ne voulait tout simplement pas être appelée Caramel... c'est pour ça qu'elle se roulait !

Simon fit un clin d'œil à Desi et demanda :

– Tu ne trouves pas que Garnet est nerveux, aujourd'hui ? Moi, j'ai l'impression qu'il a attrapé la maladie de Caramel...

– Quoi ? s'étonna Veronica. Mais qu'est-ce qui se passe ?

À cet instant, elle pâlit. Son cheval venait de baisser la tête, et son encolure sembla se dérober sous elle.

– Attention, Veronica ! cria Desi. Descente d'urgence !

Sidérée, miss Angelo n'eut pas le temps de réagir selon les règles. Comme Garnet se mettait sur le flanc, elle bascula en avant et chuta de tout son poids dans l'abreuvoir rempli d'eau saumâtre.

– Ah ! s'écria-t-elle en buvant la tasse. C'est dégoûtant !

Desi et Simon retinrent leur fou rire, et dégringolèrent de leurs montures pour l'aider à sortir de la cuve. Trempée et humiliée, Veronica refusa leurs mains tendues. De rage, elle frappa du poing dans l'eau.

– Je crois que j'ai trouvé pourquoi ton

cheval s'est roulé, déclara Simon en soulevant le tapis de selle de Garnet. Regarde !

Il lui montra ce qu'il venait de décrocher.

– Du poil à gratter ! fit-il, malicieux. Je me demande bien comment c'est arrivé là... Heureusement que ce n'était pas... des épingles, par exemple. Pas vrai, Desi ?

Cette dernière remonta sur sa jument et déclara :

– Rentrons au Pin Creux ! Je crois que Caramel a très faim, et moi je rêve d'aller manger une gaufre au Jb's ! Tu viens, Veronica ?

L'heure qui venait de s'écouler avait été une des plus longues de toute la vie de Lisa. Seule dans les écuries, elle s'était occupée de son mieux de Prancer, mais ses pensées revenaient sans cesse à la dispute et aux menaces de Carole. Plus les minutes s'égrenaient, plus elle doutait d'avoir eu raison. Si par malheur Carole devait se séparer de Starlight, elle s'en voudrait pour le restant de ses jours. Et plus jamais elle n'oserait remettre les pieds au Pin Creux…

Soudain, elle entendit vrombir un moteur. Elle resta, le souffle court, dans le box. Et quand elle aperçut Steph et Carole courir vers elle, elle rentra la tête dans les épaules et ferma les yeux.

– Tu avais raison, Lisa ! lui lança Carole. Je suis allergique.

Cœur battant, Lisa rouvrit les yeux. D'une voix tremblante, elle murmura :

– Je suis vraiment désolée pour toi, c'est terrible…

Soudain, le visage de Carole s'éclaira. Un sourire jusqu'aux oreilles, elle s'exclama :

– Allergique, mais… aux chameaux !

– Aux chameaux ? fit Lisa, estomaquée. Mais, il n'y a pas de chameaux, ici !

Steph éclata de rire en voyant sa tête.

– Le médecin est formel ! expliqua-t-elle. Carole n'a aucun problème avec les chevaux !

– C'est la faute de la couverture que m'a envoyée mon père, reprit Carole. Elle est en poils de chameau. Je peux monter autant que je veux si je ne me sers pas de cette couverture !

La chape de béton qui empêchait Lisa de respirer disparut instantanément, et elle eut l'impression que ses poumons se libéraient.

– C'est génial ! exulta-t-elle. Je ne sais pas quoi dire !

– C'est à moi de te présenter mes excuses, répondit Carole. J'étais tellement en colère que mes paroles ont dépassé ma pensée. Pour me faire pardonner, je t'ai acheté ça !

De la main qu'elle cachait derrière son dos, elle brandit un gros bouquet de fleurs sous le nez de Lisa.

– Oh non ! fit celle-ci, pas des mar...

Lisa éternua et recula en agitant les mains.

– Je suis... allergique aux marguerites !

– Oh ! Désolée, dit Carole, embarrassée. Je ne savais pas !

Elle cacha de nouveau les fleurs derrière elle. Aussitôt, Prancer se pencha par-dessus le vantail de son box et commença à brouter les pétales.

– Ça alors, fit Carole, ne te gêne surtout pas !

Elle lui abandonna le bouquet, et les trois

filles éclatèrent de rire, avant de se sauter dans les bras. Après toutes ces frayeurs, elles ne rêvaient plus que d'une chose : fêter leur réconciliation devant une grosse coupe de glace.

– On va au Jb's ? demanda Carole. C'est ma tournée !

Et un instant plus tard, elles étaient joyeusement attablées dans leur café favori. Lorsqu'elles virent entrer Simon et Desi, elles se serrèrent sur la banquette et les invitèrent à les rejoindre.

Elles étaient en train de leur raconter l'histoire de l'allergie aux poils de chameau, quand un énorme éternuement retentit. Carole sursauta.

– Quelqu'un d'autre est allergique, ici ? demanda-t-elle.

– Oh non, ne t'en fais pas ! lui répondit Simon. C'est seulement Veronica, là-bas !

En effet, la jeune fille était assise sur un tabouret, au comptoir. Elle buvait un thé chaud, en serrant dans sa main un paquet de mouchoirs.

– Je ne sais pas ce qui s’est passé, ajouta Simon, mais on dirait qu’elle a attrapé un sacré rhume !

EXTRAIT

Retrouve vite
le Club du

dans

LE RETOUR DE DIABLO

n° 692

EXTRAIT

Si Lisa adorait galoper en compagnie de ses amies, elle prenait un plaisir plus vif encore à s'aventurer en solitaire sur les chemins forestiers qui sillonnaient les environs. Dans ces moments-là, elle faisait corps avec Prancer. Elle se sentait en harmonie avec sa jument, goûtant le privilège rare d'une liberté qu'elle ne pouvait ressentir qu'à cheval. Elle aurait voulu que le temps s'arrête, et ne jamais devoir rentrer ! Malheureusement, l'heure tournait et elle dut stopper Prancer dans sa course.

– Tu as été super ! murmura-t-elle à son oreille. Je t'adore !

EXTRAIT

Elle flatta son encolure et laissa la jument brouter quelques pousses tendres, au milieu des épicéas. Puis, la mort dans l'âme, elle donna le signal du retour.

– Au pas, ma belle, dit-elle à sa jument.

Tout en cheminant en direction du centre équestre, elle se représenta les planches anatomiques du manuel, et tous les mots compliqués qu'elle allait devoir mémoriser. Quel ennui ! Mais soudain, un frisson la parcourut, et elle eut l'impression qu'un courant d'air glacé soufflait sur son visage. Respiration coupée, elle immobilisa son cheval, et tendit l'oreille. Les oiseaux s'étaient tus ; un silence étrange pesait sur la forêt. Lisa se sentait étourdie et inquiète, comme envahie par une présence obscure.

– Y'a quelqu'un ? appela-t-elle.

Personne ne répondit, et Lisa fit un effort pour se remettre en route, sans parvenir à se débarrasser de l'impression tenace qu'elle n'était pas seule dans ce sous-bois…

EXTRAIT

En effet, elle ne l'était pas ! Au détour d'un bosquet de noisetiers, elle vit brusquement apparaître un splendide étalon sauvage, à la robe couleur charbon. Il se cabra devant Prancer et son hennissement retentit sous la voûte des branchages. Stupéfaite, Lisa cria :

– Diablo !

En un éclair, elle sortit ses pieds des étriers, et sauta à terre.

– Diablo, c'est bien toi ? répéta-t-elle en s'approchant de l'étalon.

Il avait une allure différente de celles des chevaux du Pin Creux. Il était plus vigoureux, mais plus méfiant, aussi. Son toupet avait poussé jusqu'au milieu du chanfrein, et son poitrail était zébré de cicatrices mal soignées. D'instinct, Lisa l'aurait reconnu entre mille : c'était bien Diablo, l'ancien cheval de Raffael, son ami gitan…

– Tu es revenu, mon grand ! lui dit-elle, très émue. Je suis si contente de voir que tu es en vie…

EXTRAIT

Lisa tendit la main vers Diablo et fit encore quelques pas. Mais l'étalon plaqua ses oreilles en arrière, hennit encore, et dans une ruade, il détala loin d'elle.

Grand Galop™

Dans la même collection :

À paraître :

Tu es passionnée de cheval et de la série Grand Galop

Tu vas adorer les magazine

- Ta BD *Grand Galop* exclusive
- Tous les secrets de ta série préférée
- Des infos et des conseils pour vivre ta passion des chevaux
- Des posters collectors, cartes postales, fiches...

Tous les mois chez ton marchand de journaux

Un max de jeu et d'activité + un CADEA EXCLUSI Grand Galo